髪結百花

泉 ゆたか

角川文庫
23113

目次

第一章　かむろ

一

吉原大門《よしわらおおもん》を抜け仲《なか》の町《ちょう》へ通じる木戸を潜ったところで、梅《うめ》は眉間《みけん》に皺《しわ》を寄せた。

女の匂いだ、と思う。

眩暈《めまい》がするように濃厚な香りの帯の中に、重苦しい人肌の熱が漂っていた。

目玉が飛び出るほど高価な香を、惜しみなく焚《た》きしめた匂いだ。身体中の力が抜けるような良い匂いのはずなのに、泥水を無理やり飲まされるような苦しさを感じる。

病人の咳《せき》、膿《う》んだ傷口、宿酔《ふつかよ》いの朝の涎《よだれ》、喚《わめ》き散らす人の唇の端に溜《た》まった泡……。

梅は脳裏にちらつく光景を振り払うように、小さく左右に首を振った。

朝の光が差す仲の町大通りには、そぞろ歩きをする客の姿は見当たらない。出入りの仕出し屋や物売りが数人歩いているだけで閑散としていた。

通りの真ん中には季節外れの花菖蒲《はなしょうぶ》が咲き誇り、花の道ができていた。水仙のようにすっと尖《とが》った葉に淡い藍紫《あいむらさき》の花がついている。根元には漆塗りの大きな盆が置かれ、田圃《たんぼ》のように泥と水が張られていた。

花菖蒲の泥と苦みを湛《たた》えた野菜のように爽《さわ》やかな香りは、感じられない。左右に建ち並ぶ大見世の格子から流れ出てくる、この分厚い匂いにかき消されてしまっているのだ。

「ぼんやり突っ立ってないで、早く来な」

低い声で耳打ちされて、梅ははっと我に返った。

母親のアサが、己の身体よりも大きな千駄櫃《せんだびつ》を軽々と背負って先を行く。

梅は慌てて口元を引き締めて、アサの背を追いかけた。

仲の町大通りに面した妓楼《ぎろう》は吉原の中でも名高い大見世ばかりだ。二階建ての豪華な造りで、二階の窓には灯の消えた朱色の提灯《ちょうちん》がびっしり並んでいた。

緋《ひ》色の大きな暖簾《のれん》の掛かった入り口の左右は、すべて格子になっていて、通りすがりでも中の様子が目に入る。暗がりの中を行き交う赤い着物と白い肌の色が、鮮やかに目に映った。

無作法な真似をしないようにと気を付けていたつもりだったが、いつの間にか初めて見る光景に目を奪われていた。

格子越しにひとりの遊女と、まともに目が合った。暗がりの中では、朧気《おぼろげ》な顔立ちさえわからない。ただ、水を湛えた黒い瞳《ひとみ》が梅の姿を捉《とら》えたことだけがわかった。

梅は息を呑《の》んだ。

お互いの胸の内を目元に込める隙もないほどの、あっという間に消え去った出来事だ。しかし嫌な汗が噴き出した。暗がりから外を覗《のぞ》けば、梅の姿は頭のてっぺんから足の先まではっきりと見て取れたはずだ。すべてを見透かされたような気がした。

梅は小走りでアサの脇に駆け寄った。

アサが「どうした？」という目で睨《にら》んでくる。

梅は気まずい心持ちで、あらぬほうに顔を背けた。

しばらく歩いてから、アサは一際立派な店構えの大店《おおだな》の前で足を止めた。仲の町大通りのちょうど真ん中あたりだ。

アサはいきなり両目をとろんと垂らして裏声を出した。

「ごめんください。髪結いでございます。髪結いのアサでございます」

アサは平身低頭しながら店の暖簾を潜った。

店の前の井戸の横、三角に積み上げられた桶《おけ》に《大文字屋《だいもんじや》　紀《き》ノ川《かわ》》と書かれている。《大文字屋》がこの店の名前だ。

アサの後に続くと、香の匂いがより一層濃く漂った。日の差す明るい場所からいきなり店の中に入ったので、真っ暗闇にいるようだ。目が慣れるまでの間、妙に鼻が利く。

まるで線香を焚いた死体置き場のようだと思った。咄嗟《とっさ》に飛び退くような嫌な臭いが漂っているところを、上から水でもぶっかけるように濃い香の匂いで掻《か》き消そうとしている。

吉原という地にはこれほど不穏な匂いが漂っていると、男たちは気付いているのだろうか。男たちはこの匂いの中で、どんな楽しい時を思い浮かべるというのか。

梅はざわつく胸を落ち着かせようと、小さく深呼吸をした。ちっとも気が晴れない。息をするだけで、肺が他人の唾液《だえき》でべとつくような気がした。

「ああ、待っていたぞ。奥に行ってやってくれ」

広い土間の向こうに長火鉢が置かれている。長火鉢の前では身なりのよい男が、帳面を眺めながら煙草を喫《す》っていた。暖簾を潜った者は、必ず直後に男と顔を合わせる恰好《かっこう》だ。男の背後には、酉《とり》の市のおかめの熊手の飾られた縁起棚がある。

飢饉《ききん》で騒がれるこのご時世に肥え太った風貌《ふうぼう》からして、ただの番頭ではなく楼閣の主人に違いない。

主人はアサに頷《うなず》いてから、お従《つ》きの梅には目もくれずに帳面に眼を戻した。

アサは入り組んだ廊下を早足で進んだ。幾度も角を曲がった末に、中庭に面した十畳ほどの部屋に辿《たど》り着いた。

アサの後に従いて一歩部屋に足を踏み入れかけた梅は、思わずつんのめるように歩を止めた。

部屋に漂っていたのは猛烈な悪臭だった。もはや香の匂いに何の効き目もない。少しでも気を抜いたら身体が波打ち、吐き戻してしまいそうだ。しかしこの場でそんな失態をしたらどうなるかなぞ、考えなくてもわかる。

とにかくこの場を乗り切ろう。誰にもわからないくらい微《かす》かに唇を開いて、口だけで息をする。それでもよほど臭気が凄《すさ》まじいのか、息を吸うたびに鼻の奥が嫌悪に震える。

部屋の中では、二人の女が素知らぬ顔で座っていた。

どちらも眉《まゆ》を剃《そ》り落とした、中年を過ぎた風貌だ。一人は刺々《とげとげ》しさを感じるほど煌《きら》びやかな柄の着物を、幾枚も着込んで着膨れしている。もう一人は反対に、年に似合わず若い娘のように可憐《かれん》な柄の安っぽい着物だ。

妓楼の女主人と、遊女を取り仕切る遣《や》り手婆《ばば》だ。

「おアサさん、いらっしゃいませ。ちょうど今、上に紀ノ川を呼びに行かせたところです。少々お待ちくださいな」

二人の女は、顔かたちはまるで違うのに双子のように同じ顔でにこやかに微笑んだ。

大文字屋の入り口に積み上げられていた桶の字面を思い出した。〝紀ノ川〟というのが、この楼閣で一番の稼ぎ頭の花魁《おいらん》の名に違いない。

アサは部屋の隅で、背負っていた千駄櫃を手早く紐解《ひもと》いた。急いで手伝おうとした梅の手を、うるさそうに振り払う。

「私がやることをちゃんと見ていな」

アサはぶっきらぼうに言った。

梅は慌てて手を引っ込めた。アサの言うことはもっともだ。

初めて出向いた場所では、まずはアサの一挙一動から決して目を離さずに手順を学ぶのが決まりだ。これまでだってずっとそうしていたはずだ。

実の親子とはいえ、髪結い職人としては親方と弟子の関係だ。親方から何の指示も出されていないのに弟子が勝手に手を出そうとするなんて、言語道断に決まっていた。

　梅は恥ずかしさに頰を熱くしながら、両掌《てのひら》を前で重ねてアサの一歩後ろに立った。

　アサは無駄のない動きで次々と道具を取り出しては、畳に敷いた布の上に売り物のように美しく並べていく。

「紀ノ川さんがいらっしゃいます」

　廊下に面した襖《ふすま》の向こうで、まだ幼さの残る声が聞こえた。花魁の身の回りの世話をする見習い遊女である禿《かむろ》の声だ。

　女主人と遣り手婆が顔を見合わせて頷いた。

　遣り手婆が幾度か手を打ち鳴らした。すると庭先に黒い子鬼のような子供が五人、背を丸めて現れた。皆、やっと七つになるかならないかくらいだろう。着ている襤《ぼ》褸《ろ》はただ布切れを身体に巻き付けただけの代物で、両脚は棒切れのように痩《や》せ細って裸足《はだし》だ。子供たちの顔の周りには蠅が煩《うるさ》くうろついていて、頭では虱《しらみ》がぴょんぴょん飛び跳ねているのが、遠くからでもわかった。

　子供たちは黒ずんで痩せこけた顔をして、目玉だけを大きく見開いて不安げに周囲を見回していた。

これから何が起きるのだろうと怯《おび》える気持ちに加えて、ひどく寒いのだろう。夏の盛りの下着のような姿で、皆、身を縮めて小刻みに震えている。

この数年、陸奥《むつ》地方はひどい飢饉に見舞われていた。住民が皆飢え死にして、村ごと消えてしまった土地も少なくない。

この部屋に漂う悪臭の原因はこの子供たちだ。喰《く》い扶持《ぶち》減らしのため女衒《ぜげん》に売られて、はるばる遠く険しい道のりを生き延びてきたのだ。

これまで以上に猛烈な臭いに、アサの眉間がぴくりと揺れた。しかしそれだけだ。遣り手婆はおちょぼ口を袖《そで》で隠すような仕草を装いながら、鼻を押さえている。

廊下に面した襖がすっと開いた。

「お寒いところを、長くお待たせいたしんした。どうぞ、許しておくんなまし」

現れた遊女が深々と頭を下げた。遊女の眼の先は女主人でも遣り手婆でもアサでもない。庭先に並んだ子供たちだ。

つい今しがたまで眠り込んでいたに違いない。しどけない桃色の寝間着姿に、血の気のない真っ白な肌が透き通るようだった。切れ長の瞳にも薄い唇にも、化粧気がまるでないのがかえって艶《なま》めかしい。

目の下には濃い隈《くま》があり、首は折れるように細い。

身体の弱そうな女だ。どんな家にも喜んで嫁に迎えられるような、生気に満ち溢《あふ》れた壮健な町娘とは対照的だ。それなのに人の目を奪う美しさがあった。いつまでもずっと横顔を盗み見ていたくなるような、人を引き付ける輝きがあった。

いきなり詫《わ》びを言われた子供たちは、何のことやらわけがわからないという顔で立ち竦《すく》んだ。

「悪いねえ、紀ノ川。せっかく休んでいたところをねえ」

女主人が機嫌を取るように猫撫《な》で声を出した。

やはりこの遊女が紀ノ川だ。大文字屋の店先に積み上げた桶に名を刻む、昼三《ちゅうさん》と呼ばれる最高位の花魁だ。

紀ノ川はこれまで梅が見たどんな女よりも美しかった。紀ノ川の愛らしく艶《つや》のある姿を前にすると、女主人も遣り手婆もアサも、もちろん梅自身の姿も、まるで男のように武骨に薄汚れて感じられた。

「さあ、さっさとやることを済ませてしまおうね。おアサさんもお待ちかねだ」

女主人の言葉に、紀ノ川はアサと梅に眼を向けた。

紀ノ川はアサにゆっくりと頭を下げた。梅は紀ノ川の瞳を乞《こ》うような気持ちで身を乗り出した。庭から漂う悪臭も、アサの一文字に結んだ口も、紀ノ川を目で追うその時だけは脳裏から消え失《う》せていた。

紀ノ川は柔らかい笑みを纏《まと》ったまま、アサの背後の梅には目もくれずに前に向き直った。

二

「わっちが、ありがとう、とお声掛けをした方は、帰ってよござんす」

紀ノ川は囁《ささや》くような小声ながらきっぱりと宣言して、縁側へ進み出た。

女主人と遣り手婆が、ぐっと身を乗り出した。

ようやく梅にもこの場が、これから大文字屋で遊女に育て上げる娘を女衒から買う品定めの場だとわかってきた。しかしこの場で大文字屋に買われることが、娘たちにとって良いことなのか悪いことなのか、いくら考えても梅にはわからない。子供たちも梅と同じ気持ちなのだろう。皆、口元を情けなく緩めて顔を伏せていた。

紀ノ川は飛び石を伝って庭に下りると、使用人の使う古びた草履を足に引っ掛けた。

「ありがとう」

紀ノ川が真っ先に肩に手を置いたのは、右端の娘だった。優しい労《ねぎら》いの言葉だが、帰れ、という意味だ。

痩せ細った五人の娘の顔かたちは、ほとんどどれも同じに見えた。どこがどう違うのかと梅が目を凝らしている間に、紀ノ川は文字通り手当たり次第に娘たちの肩にぽん、と触れていく。

「ありがとう、ありがとうね」

感謝の言葉に見送られて、娘たちはひとり、またひとりと、魂が抜かれたような顔でその場を立ち去る。後には、背を丸めて両腕で己の身体を抱き締めるような恰好をした娘が、ひとり残された。

紀ノ川は妙な知らせを聞いたように眉を顰《ひそ》めた。小首を傾げて娘の顔を覗き込む。ほんの一呼吸の出来事だ。

「はい、おしまいでありんす」

紀ノ川は少し大きな声で言い切ると、娘に背を向けた。

「この娘だね!?」

女主人が真剣な口調で訊《き》いた。紀ノ川は目を伏せて頷いた。

遣り手婆が金の包みを握って、庭の奥にすっ飛んで行った。娘を連れて来た女衒に渡すのだろう。

梅は目の前を悠然と横切る紀ノ川の横顔を、喰い入るように見つめた。

陰鬱《いんうつ》さを感じるほど蒼白《そうはく》な顔に、長い睫毛《まつげ》が影を落としていた。現れたときよりも血の気が戻ってきた唇は茱萸《ぐみ》の実のように艶やかな橙《だいだい》色だ。浄瑠璃《じょうるり》の少女人形のように、一点の非の打ちどころもない美しさで、生きた身体の息遣いが何も感じられない。

この女はいったいどんな赤ん坊だったのだろう。

梅は唐突にそう思った。

紀ノ川にも、はち切れんばかりに肉がつき顔を真っ赤にして大声で泣く、生命力に満ち溢れた赤ん坊だった頃があるに決まっている。しかしその姿はどうしても想像がつかない。この女が、もっと大きくなりたい、もっと育ちたい、もっと長く生きたいと、声の限りに泣き叫んでいた頃があるなんて。

「おアサさん、早速、頼むよ！」

威勢の良い大声に、梅は慌てて身を正した。

庭に下りた女主人が、震える娘の横で目を輝かせていた。新しい稼ぎ頭の卵を手に入れた気の高ぶりに違いない。

娘は、女主人の大声に、より一層身を縮めた。

立ち去った他の四人の娘と同じく、ぎょっとするほど手足が細い。加えて娘の目は丸くて大きい。丸い二重の目の女は涙を零《こぼ》していてもどこか滑稽《こっけい》な様子になってしまうので、どんな浮世絵にも美人としては描かれない。

過酷な長旅を共に生き延びた朋輩《ほうばい》たちから引き離されて、恐ろしいのだろう。娘の大きな目はさらに大きく見開かれて、下唇を噛《か》み締めている。恐怖に怯える蛙のような形相だ。

紀ノ川は、己の役目は終わったとでもいうように誰にともなく一礼すると、禿を伴ってあっさりと襖の向こうに消えた。

「さあさあ、それでは、ここから先は私にお任せくださいな」

アサが声を張り上げると、女主人は満足げに頷いた。

「お梅、台所に行って湯を貰《もら》っておいで。一番大きな桶になみなみいっぱいだよ」

アサの鋭い言葉に、梅は飛び上がった。やっと己の仕事に取り組むことができる。気を引き締め直すように己の頬を両手で叩《はた》いた。

「あんた、名はなんてんだい？　おばさんは、アサってんだよ。今からあんたを、きれいに磨き上げて、ぴっかぴかの美しい娘にしてやるからね」

　庭に下りたアサが、包み込むような優しい口調で娘に声を掛けた。

妓楼の人間の摑《つか》みどころのない笑みとは違う。汗水垂らして働く女のどこまでも根明な笑い顔だ。

　己の仕事に取り組んでいるときのアサには、力が漲《みなぎ》っている。職人気質《かたぎ》で気風《きっぷ》が良く頼り甲斐《がい》があり、ぐずぐずした湿っぽいところなどまったくない。アサの顔をちらりと見ただけで今日一日を無事に生きることができるような、底抜けの善良さを湛えている。

　実の娘である梅から見ても、アサは、ずば抜けた手技と客への心配りを兼ね備えた、真に腕の良い髪結いだ。

　台所へ向かうため踵《きびす》を返した梅の耳に、アサの声が続いて聞こえた。

「あんた、前に風呂《ふろ》に入ったのは、いつだか覚えているかい？　あったかい湯を贅《ぜい》沢《たく》にばしゃばしゃ使って身体を洗うのは、とても気持ちがいいもんさ。今日からあんたは、毎朝内湯に浸《つ》かれる夢のような生活を送れるんだよ」

　アサの言葉の終わり頃から、しゃくり上げるか細い泣き声が重なった。

「……タネ、おらの名前はタネっていうんだ」

襖を閉じる直前に、うわっと泣き崩れる子供の声が聞こえた。

三

アサは熱めの湯に浸してぎゅっと絞った手拭《てぬぐ》いを、タネの首元に押し当てた。

中庭で裸に剝《む》かれて紙のように白くなっていたタネの肌に、ほんのりと赤みが差してくる。外が寒いので、手拭いから湯気がもうもうと立ち上る。タネは眉を下げた哀れな顔をしながらも、気持ち良さそうに目を細めた。

女衒は買い付けた娘たちをここへ連れて来る前に、固い束子《たわし》か何かで乱暴に洗ったのだろう。目立った汚れだけでも落とさなくては、顔かたちの判別さえ覚束《おぼつか》ない姿だったに違いない。タネの脇のあたりには、赤く細い擦り傷がいくつもできていた。

「これから花魁になろうってお方の肌に、ひどい仕打ちをするもんだよ。おタネが花魁になった暁には、あんな女衒なぞ大文字屋から叩《たた》き出してやりましょう」

アサが眉を顰めながら、タネの生傷の上をそっと押さえるように拭った。梅はアサが放り投げて返してくる汚れた手拭いを洗い桶の水で洗っては、改めて熱い湯に浸して手渡す。

洗い桶の水は、あっという間に吉原一帯をぐるりと取り巻く鉄漿溝《おはぐろどぶ》の水のように濁っていく。

タネの身体に少しずつ命が通い始めた。萎《しお》れかけた葉に水をやったように、今にも崩れ落ちそうだった足腰がしゃんと伸びてきた。

「さあ、ここからが本番だよ。おタネ、四つん這《ば》いになっておくんなさい」

アサはタネの首元の手拭いを新しいものに換えてから、てきぱきと指示した。

タネは怪訝《けげん》そうな顔をしながらも、素直に裸のまま地面に膝《ひざ》を突いて四つん這いになった。

「そうそう。そうしたら、頭を下ろしてくださいな」

タネが背負った脂ぎった髪が、すべてどさっと顔の横に流れた。生まれてから一度も切っていないのではと思える、長く猛々《たけだけ》しい鬣《たてがみ》のような髪だ。かなりの長さと重さがある。

「はいはい。お上手です。よくできました」

アサは呑気《のんき》な口調とは裏腹に真剣な目をして、タネの毛玉だらけのべたついた髪を検分した。アサの指は常に真っ赤に膨れ上がっている。真冬でも水に晒《さら》される機会が多いから、霜焼けが指の奥まで染み付いているに違いない。

　異形の指先が自信に満ちた動きで髪を撫でた。

　梅はアサの手元を凝視しながらも、タネの裸の身体に意識を奪われてしまう。

　無邪気に両脚を開いて四つん這いになったタネの胸元に、うっすらと幼い乳房の影が見えた。つい先ほど立ち竦んでいたときは、乳房の膨らむ気配さえないあばらの浮き上がった子供の胸板にしか見えなかったのに。

　乳首の先が紅を差したように赤らんでいた。不自然な姿勢をしていて苦しいのだろう。タネは時折、痙攣《けいれん》するように身の置き所を変える。肉付きのまったくない尻《しり》や真珠のように丸い足指。この身体がこれから数え切れない男に買われるのだと思うと、見てはいけないものを見ているような気がした。

　こんな年端も行かない少女を前にして、男女の交わりの光景を想像せずにはいられない己の品のなさに気が滅入《めい》った。

　梅はいたたまれない気持ちで眼を逸《そ》らした。

「おっかあ」

　タネが漏らした言葉を聞いた途端、梅はぞくりと肝を冷やした。タネは四つん這いのまま両腕を震わせて、顔を真っ赤にして泣いていた。

この娘は、母親を恋しがっている。赤ん坊のように切実な思慕を込めて、己を女衒に売り飛ばした母親を呼んでいる。

「お梅、洗い桶を持っておいで」

アサはタネの泣き声など聞こえていないふりをして、己の力強い声を重ねた。

梅は汚れた手拭いを洗った桶を、タネの頭上に置いた。

「ではでは、これから髪を洗わせていただきますよ。髪を整えたら、あっという間におタネは、お江戸一番の美しい娘になりますからね」

アサの言葉にタネは勢い良く顔を上げた。顔中が涙と洟水《はなみず》だらけで梅干しのように皺くちゃの、まがいもない子供の泣き顔だ。タネが泣いているのをわかっているのに素知らぬ顔をしている大人に、腹が立ってならないというように、尖った目をしている。

「いやだ。おらは、娘になんてならねえ。絶対に、娘になんてならねえ」

タネは拳《こぶし》を握って、庭の土を乱暴に叩いた。

「それは困りましたね。娘になりたくないと言われましてもねえ。いつまでも赤ん坊でいるわけにもいきません」

アサは笑顔を崩さずに、手先を鳥が羽搏《はばた》くように敏捷《びんしょう》に動かした。タネの両耳を両掌でぴたりと塞《ふさ》ぎ、髪を洗い桶の中に浸していく。

「おっかあに会いてえ。会いてえよお」

タネはアサに文字通り首根っこを摑まれて完全に身を預けながら、尚《なお》も苦しげに続けた。

洗い桶の水の中で黒髪が若布《わかめ》のように広がった。既に汚れた水なのに、みるみるうちに水面に脂の膜が広がっていく。虱の死骸《しがい》だろうか。不穏な白い粒がいくつも浮かんでいる。本当に生まれてから一度たりとも髪の手入れをしていない、といってもおかしくない汚さだ。

アサはタネの両耳からそっと掌を離し、髪の奥の奥にまで水が染み込むようにと、桶の中でタネの髪を揉《も》み込んだ。

タネは頭を大きく幾度も揺さぶられながら、されるがままになっている。

「灰汁《あく》を入れておくれ」

アサは両手を波の流れに乗るように優雅に動かして、梅に命令した。

梅は庭の片隅に置かれた、底に栓のある手桶に駆け寄った。

灰を水に浸した灰汁は、入浴や洗髪はもちろん、着物の汚れを取るときや掃除にも使うことができる。どこの家の庭先にもこうやって灰汁を作り置きした桶がある。

梅は重い桶を力いっぱい持ち上げて底の栓を抜いた。桶の底に溜まった濃厚な灰汁が、洗い桶の中に勢い良く流れ出した。元から汚れきっていた桶の水は、ついに真っ黒だ。

アサはうどんを捏《こ》ねるように、これまで以上に両腕と身体を大きく使って、タネの髪を揉みしだいてゆく。

「櫛《くし》をおくれ」

梅は懐から巾着《きんちゃく》袋を取り出した。中には歯の折れた櫛がいくつも入っていた。鼈甲《べっこう》に細工が施された目の眩《くら》むように高価な櫛だ。だが、一本でも歯が折れてしまったら髪飾りとしては二度と使えない。歯の折れた櫛は縁起が悪いといわれているので、皆、気付いたその場で慌てて放り捨てる。そんな櫛をいくつも貰っておいて、今のようにじっくり髪の汚れを落とす場面で使う。

タネの髪をすんなり櫛が通るまで梳《す》くためには、おそらく今日持ってきた櫛の歯をすべてぼろぼろにしなくてはいけないだろう。

「さあさあ今から、この姫君が使うような上等な櫛で、おタネの御髪《みぐし》を梳《と》かせていただきますよ」

アサがタネの顔の前に、ちらりと櫛を示した。櫛の歯が元から折れているところは、ちゃっかり親指で隠している。

タネが僅《わず》かに顔を上げて、高価な櫛を不思議そうな顔をしてしげしげと眺めた。

ここからは、ひたすら手間のかかる仕事だ。アサと一緒になって梅も櫛を使う。

梅は櫛を強く握り直すと、タネの濡《ぬ》れた髪に掌を差し込んだ。

四

「お梅、おタネの髪は、あんたが結いな」

アサは長い煙管《キセル》から煙をくゆらせながら、梅の顔を見ずに命じた。

髪を乾かして着替えに向かうタネを送り出して、ほっと一服していたところだ。

二人がかりで長い長い時間を掛けてタネの髪を梳《くしけず》り、庭中が水浸しになるくらい何度も何度も湯で髪を流した。やっと湯が濁らなくなった頃には、梅の指先はふやけて皺だらけになっていた。

「私が、かい!?　ここに来るのは、初めてだよ？」

梅は驚いて聞き返した。

初めて出向いた場所でアサが梅に客の髪を触らせたことなど、これまでに一度もない。

御殿の奥女中や、神事に関わる巫女《みこ》たちの髪を結うことに加えて、吉原の遊女の髪結いは、アサの持つ仕事のうち最も大きなものの一つだ。

しかし梅が龍之介《りゅうのすけ》のところから出戻るまでは、どれほど頼んでも、アサは一度も梅を吉原大門の中に連れて行ったことはなかった。

「今日結うのは禿島田《かむろしまだ》だよ。町娘の島田髷《しまだまげ》と基《もと》の形は同じだから、あんたにできないってことはないだろう？」

アサは勢い良く煙を吐いて続けた。

「島田を結えってだけなら、真っ暗闇でだってできるさ。そりゃ、できるけれど…………」

髪結いの技ならば、自信があった。

しかし常にそんな梅の手綱をしっかり握り込んで、「出しゃばるんじゃないよ」と目を光らせていたのはアサのほうだったはずだ。

「いいから、つべこべ言わずに手を動かすんだよ。龍之介のことは忘れてね」

アサはくるりと背を向けた。

「あんな男のことなんて、きれいさっぱり忘れていたよ！」

梅は間髪容《い》れずにアサの背に向かって叫んだ。

アサは振り返りもしない。煙管を手早く懐にしまって、縁側から部屋に上がる。

梅は口元に力を込めた。

龍之介の名前を聞くだけで、わっと身体中の毛穴が開き、脇から冷や汗が滴り落ちるような気がした。

吉原大門を潜ったその瞬間から、常に龍之介の幻影に囚《とら》われていた。何を見ても、龍之介はどのような心持ちでこの光景を味わったのだ、と暗い想像が脳裏にちらついた。

恋女房だったはずの梅をあっさり捨てて、吉原の遊女に走った龍之介。

龍之介が仲の町大通りの花の道に見惚《みと》れる姿が、梅の心の目に浮かぶ。

少年のようにうっとりと口を半開きにして、美しい光景に心を奪われたのだろうか。それとも、季節外れの花の匂いに女の肌を思い出し、情欲を高ぶらせたのだろうか。

梅と龍之介が祝言を挙げたのは、二年前、梅が十八、龍之介が二十一の齢《とし》だ。

龍之介は、不忍池《しのばずのいけ》にほど近い湯島《ゆしま》にある、《武蔵屋《むさしや》》という金貸しの家の次男坊だった。

龍之介の姉の祝言の際に、アサが花嫁の髪を結った。そんな縁で出会った龍之介が、先に梅に一目惚《ぼ》れをした。

龍之介は家の仕事は兄に任せ、諸国を渡り歩いては名家の蔵から秘蔵の骨董《こっとう》品を買い付けてお江戸で金持ちに売る、旗師の真似ごとのような骨董屋をしていた。

二度、三度と文を交わすうちに、いつの間にか寝ても覚めても龍之介のことばかりになって、身体に熱が回った。

龍之介の生家は何代も続く土地持ちの大金持ち、かたや梅のほうは父もなく下谷《したや》の長屋暮らしだ。周囲から反対の声がなかったはずはないが、生まれたときから己の我儘《わがまま》を通すことに長《た》けていた龍之介は、何が何でもお梅と所帯を持つのだと一歩も譲らなかった。

惚れ合った男と無事に夫婦《めおと》となることができた梅は、毎日飛び跳ねるように浮き立っていた。女に生まれた身としてこれ以上ない〝大出世〟だと思った。

龍之介と暮らした屋敷は広くて日当たりも風通しも良く、まるで大名の御殿のようだった。梅が生まれ育った長屋なぞ、蛇が暮らす穴倉に感じた。

家の仕事はすべて女中任せだ。梅はただ龍之介と楽しい時間を過ごすことだけを考えていればよい。女中とお喋《しゃべ》りを楽しみ、同じような金持ちの若妻と芝居に出掛け、夜になったら龍之介が好む艶っぽい着物で目一杯装って甘い時を過ごした。

毎日が煌びやかに輝いて、安酒に酔っ払ったように目の前がじんわりとぼやけて見えた。

ふと気付くと、櫛を持たなくなってから途方もなく長い時が経っていた。

「おタネが下へ参りますよ」

遣り手婆が二階から身を乗り出した。庭にひとり立ち竦んだ梅の姿に、妙なものを感じたに違いない。しかし遣り手婆は気付いていない顔で、梅から眼を逸らした。

「はいはい。お任せあれ。すぐに御髪を結わせていただきますよ」

アサが天井を見上げて、陽気な声で応じた。

五

部屋に入って来たタネは、ひどく傾いだふらつく足取りだった。初めて締めた帯のきつさに戸惑っているのだろう。高価な着物を引き千切ってしまわないように、恐る恐る歩を進めている様子だ。

タネは鏡の前に進み出ると、へたり込むように腰を落とした。鏡を直視せずに俯《うつむ》いたタネの眼は、己の首から下だけに熱く注がれていた。

傍らでアサが力強く頷いた。

梅は口元を引き締めて、タネの背後へ進み出る。

襖のところに控えた遣り手婆が、髪を結うのはアサではないのか？　と怪訝そうな表情を浮かべた。

梅は臆《おく》する気持ちを奮い立たせるように、鏡の中だけを鋭い眼で睨んだ。

「失礼いたします」

梅は、タネのこめかみに両掌を当ててぐっと前を向かせた。

タネは目を白黒させながら、鏡越しに梅の表情を窺《うかが》った。

タネの羽織った、赤地に豪華な鶴柄の刺繍《ししゅう》の施された振り袖は美しかった。しかし洗いざらしの髪に紅も差していない子供の顔では、首から下だけが挿《す》げ替えられた雛《ひな》人形のようだ。

髪が整っていなければ、どれほど美しい着物を着ていても借り物にしか見えない。

逆をいえば、髪さえ整っていれば、着古したさらしの浴衣《ゆかた》姿でさえ粋《いき》な雰囲気が漂う。いくら安物を着ていても、この女は髪に贅沢のできる稼ぎと地位があると示すことができる。着物にばかり金を掛けた田舎者が、かえってみっともなく見えるほどだ。

梅は鏡の中のタネをじっと見つめた。

色鮮やかなタネの姿が見える。仏師が切り株の中から仏の姿を見出《みいだ》すように、忙しく吉原の中を駆け回る可愛らしい禿姿のタネがはっきり見える。

梅は両掌を大きく広げた。

梅の掌は、小柄な身体に反して男のように大きい。それに加えて鷲《わし》の足のように細くて長い指がついている。髪結いにとって、大きな手を持って生まれたことは何にも代えがたい天からの賜物だ。

タネの小さな頭を両掌で抱え込む。髪はまだ湿っていたが、このままで良い。髪の芯《しん》が完全に乾ききってしまっては、かえって扱いづらい。

タネの髪には頭のちょうど真ん中、脳天に一つだけつむじがあった。

そうそうお目に掛かれない珍しい毛流《もうりゅう》だ。

たいていの場合、人の頭には大きな一つのつむじに加えて小さなつむじが二つか三つある。つむじの位置は人によっててんでばらばらで、そこから旋毛《つむじ》という名のごとく毛流が右曲がりや左曲がりで渦のように広がる。つむじの位置と渦の流れがそれぞれ特有の髪の癖となる。

タネの場合は、つむじにうねりがまったくない。つまり癖がまったくない、どこまでも真っ直ぐに整った美しい毛流だ。

こんな髪を持って生まれた者は、どんな複雑な髪型でも、気持ちが良いほど髪結いの思い通りに仕上がる。

梅は小さくにやりと笑った。

鬢《びん》付け油の瓶を手に取った。

薬草の爽やかな芳香がふわりと漂った。鬢付け油を溢れるほど手に取り、タネの髪に塗りたくる。

タネの髪は、油分と水分が絶妙な塩梅《あんばい》で混ざり合っていた。

油分が多いと髪はうどんのように腰が出る。水分の多い髪は滑らかに落ちる。油分も水分もたっぷり含んだタネの髪は、鬢付け油を塗るとすぐに漆のように艶やかな光を放ち始めた。

梅は息をするのを忘れていたと気付き、大きく深呼吸した。いつの間にか何の匂いも感じない。香の匂いも今しがた使った鬢付け油の匂いでさえ、もう感じない。

柘植《つげ》の結い櫛を手に取る。髪結いにとって一番大切な商売道具だ。

タネの前髪の生え際から一気にぐいっと櫛を通した。

櫛を通すのは一回こっきりの一発勝負だ。洗いざらしの髪にその日初めて通す櫛目は、鳥が羽を広げるような力強い動きの美しさがあった。

タネの髪は、熟練した職人が幾日もかけて創り出した櫛の目どおりの、惚れ惚れするような流れを描いた。

島田を結う手順は、頭の中で考えなくとも自《おの》ずと手が動く。

まだ客を取らない禿のための禿島田だ。すっきりまとめて品よく仕上げれば良い。

前髪をきつく結わいてから、後頭部の毛束で二つの山を作って白元結《もっとい》で留めれば、あっという間に完成だ。

迷いのない手つきで髪を結い上げた梅は、結い櫛を床に敷いた布の上に戻した。

髪結いの仕事はまだ終わらない。ただの島田髷を吉原の禿島田に仕上げるには、ここから先が本番だ。

梅は鏡越しにタネの顔をちらりと眺めた。

島田に結い上げられたタネは、蒼白な顔色で己の顔を喰い入るように見つめていた。

六

　梅は一歩後ろに引いて、結い上げた髪をまじまじと眺めた。一糸乱れぬ、清楚《せいそ》で可憐な子供のための島田髷だ。

　タネの着物の色柄はもちろんのこと、肌の色や顎《あご》の骨の形、生え際の富士額の切り込み具合などを睨むように検分する。

　己に言い聞かせるように小さく頷いた。

　道具箱を開き、赤、浅黄、赤の三枚の鹿《か》の子を取り出す。鹿の子とは上等な絹を絞り染めした飾り布だ。三枚の鹿の子で大人の男が両掌を開いたような大きな蝶《ちょう》結びを作り、髷の後ろに力強く留める。

　積み上げ三枚と呼ばれる、幼さの残る禿のための髪飾りだ。色鮮やかな赤二枚の間に挟まれた浅黄の鹿の子が、より朱の深みを際立てるようだった。

　惚れ合った客と濃密な時を過ごすわけではない禿にとって、真正面から人に顔を見据えられる場面は意外に少ない。花魁からお遣いに出されて常にぱたぱたと駆け回る禿には、前から見た姿よりも、後ろ姿の得も言われぬ可愛らしさが大事だった。

銀飾りがしゃりしゃりと音を立てるびらびら簪《かんざし》を二本、手に取る。

タネのこめかみよりほんの少し前、眼をちょっと伏せるだけで簪が華やかな音を立てるような位置を狙って、左右対称に簪を挿す。まだまだ廓《くるわ》の暮らしに慣れない禿のぎこちない仕草を、びらびら簪の細やかな音色がうまく隠してくれるはずだ。

続いて、道具箱の中から大きな冠のような花櫛《はなぐし》を取り出す。咲き誇る紅白梅を細工した、銀製の槍梅《やりうめ》四段と呼ばれる花櫛だ。花櫛は見た目どおりにずっしりと重い。タネの襟足がぐっと強張《こわば》ったのがわかった。

最後に道具箱の中から針打《はりうち》と呼ばれる短い簪を選び出した。繊細な桜の彫り物が施された柄《え》の極端に短い銀製の簪だ。これを島田髷の真ん中にぷすりと挿す。

針打は大人の女の髪にはまず使わない。大人の女の場合は針打の代わりに飾り櫛を使う。禿島田が別名、針打島田《はりうちしまだ》と呼ばれる所以《ゆえん》だ。

びらびら簪が、しゃなりと鳴った。

梅が顔を上げると、鏡の中のタネがうっとりした面持ちで首を右に左に曲げながら、びらびら簪を鳴らしていた。

化粧などまるでしていないはずなのに、頬は上気して頬紅を差したようだ。目元と唇にも熱い血が通って鮮やかに彩られている。怯えた丸い目は自信に溢れて糸のように細まり、すっと切れ長の形に変わっている。

「……お美しくなられましたね」

梅は素直な言葉を口に出した。

タネは鏡を眺めて鷹揚《おうよう》に頷いた。己の瞳の奥を一心に見つめながら、熱く震えるため息を吐いた。

「……なんだか、七五三みてえだ。七五三ってのは、こんなもんだべか？」

タネは譫言《うわごと》のように掠《かす》れた声で呟《つぶや》いた。

梅はぎくりとしてタネを見上げた。

タネはまだ幼い。綺麗《きれい》な着物を着て髪を美しく整えた己を見て、親に祝ってもらえなかった七五三を想うほど幼い。

タネはうなじに手を当てて、己の姿に見惚れている。

「……おっかあが見たら、きっと喜ぶなあ」

タネの口元があどけなく緩んだ。

梅は奥歯をぎゅっと噛み締めた。一気に重い心持ちが戻って来るのを感じる。

喜ぶはずがないだろうと思う。タネの母親はこれからタネの身に何が起きるかを知っている。まともな家の娘ならば一生に一度も着る機会のない高価な着物に身を包み、常に美しく髪を整えるのは、男に買われるためだと知っている。

　妓楼の女が美しく装うのは、牛馬のように銭で買われるためだ。

　遊女たちは、誰にも愛されることなく誰にも敬われることなく、若さの盛りが過ぎるのを待ち構えるように死神に取り憑《つ》かれ、病に朽ち果てて死んでいく。

　だがしかし、中には飛び抜けて運の良い女もいる。家庭を持った男の心を骨抜きにして本妻を追い出し、幸せな妻の座を得る女もいる。しかしそんな僥倖《ぎょうこう》は千に一つの例外中の例外だ。珠緒のような女など――。

　梅はぶるりと身を震わせた。

　梅が吉原で初めて髪を結った縁だ。タネにその華々しい幸運を掴んで欲しいと思わなくてはいけない。名だたる花魁へ一歩を踏み出すに違いないタネの門出を、心から祝わなくてはいけない。タネの幸せを祈らなくてはいけない。

「髪結いのおねえさん、本当にありがとうな」

　タネは千々に乱れる梅の胸の内にまったく気付いていない様子で、底抜けに明るい声を上げた。

第二章　しゃぐま

一

「煙草をおくれ」

アサが天井を見つめたまま、嗄《しわが》れた声で言った。

梅は長い時間をかけて、煙管《キセル》にいつもの倍くらいの量の葉を詰め込んだ。

アサにとって煙草をくゆらす時が一番の楽しみだ。

真っ黒に燻《いぶ》された長い煙管を手に、煙を吐くと同時に魂でも抜けていくような顔をして、旨《うま》そうに煙草を喫《す》う。そんなときのアサは、仕事の最中の元気で善良な女の顔ではない。煙を見つめるアサの顔は男女の区別も齢《とし》もないのっぺらぼうになる。

「ちょっと待っとくれ、身体を起こしてあげるからね」

横になったまま煙管を咥《くわ》えて、安普請の長屋の床に火種が落ちたら大変だ。梅はアサの背に腕を回して力を込めた。梅よりも一回り細い身体なのに、苛立《いらだ》つほど重い。

半身を起こしたアサは震える左手で煙管に手を伸ばした。右手はそこだけ既に骨になってしまったように、床に落ちたままだ。

梅はアサの横顔をじっと眺めた。梅とよく似た奥二重の目頭に、大きな目脂《めやに》が溜《た》まっている。

汚らしいなどと顔を顰《しか》めてはかわいそうだ。生死の境から戻ってきたばかりの病人なのだから、目脂くらい当たり前だ。平然と過ごしているように見えるが、商売道具の右手が使えないという現実を突きつけられて心の中が乱れないはずがない。

アサが中風で倒れたのは、数日前の早朝だ。

妙な物音を聞いた気がして井戸端から戻って来た梅が、勢い良く引き戸を開けると、部屋の隅でアサがぞっとするような高鼾《たかいびき》をかいて大の字に寝転がっていた。

その光景を目にした時は覚悟を決めた。しかしアサは強かった。医者が呼ばれた頃にはすっかり意識を取り戻して、仏頂面をしていた。

それからというもの、アサは医者の命に従って寝たきりの生活を送っている。

魂はすっかりこちらに戻ってきて、いつもどおりの顔つきで言葉に乱れもない。

しかし、手が動かない。指が動かない。左手はぎこちないながら何とか動かせるが、利き手の右手はまったく駄目だ。拳《こぶし》を固く握り締めた形で強張《こわば》ったまま微動だにしない。

「おっかさん、煙草はおいしいかい？」

気を取り直して、敢《あ》えて優しい声を掛ける。

アサは梅に横目を遣《や》った。口はへの字に結ばれたままだ。

「ゆっくり休んでおくれよ。大事な身体なんだから」

梅は唇に力を込めて微笑んだ。

アサの右手を握って、親指で掌《てのひら》を押す。固く強張った掌の肉が少しでも解《ほぐ》れるようにと、揉《も》みしだく。

医者の言葉が頭に残っていた。アサの右手は元に戻らない。これから先、たとえ外を駆け回ることができるくらい身体が良くなったとしても、切れてしまった糸は二度とくっつかない。

アサは己の身に起きたことに勘付いているのだろうか。

梅の姿など目に入っていないような顔をしてうっとりと煙を吐くアサを、哀れに思う。

「今まで、ろくに休んだことがなかった」

煙の旨さに気を良くしたような声で、アサは言った。

「そうだね。おっかさんがのんびり寝ているところを見るなんて、生まれて初めてかもしれないよ」

梅は頷《うなず》いた。

梅が物心付いた頃からずっと、アサは決して休むことなく髪結いの仕事に駆け回っていた。

幼い梅を育てたのは下谷の長屋の人々だ。浅草寺《せんそうじ》から北西へ四半刻《しはんとき》ほど歩いた場所にある下谷では、浪人や妾《めかけ》など、お天道さまの下を歩くことを避けるような人々が集まって暮らしていた。

男女の刃傷沙汰《ざた》など日常茶飯事の荒っぽい土地だ。だが皆、それぞれの抱えた事情に妙に理解があった。己の仕事ばかりで、掃除や洗濯どころか食事の支度さえまともにできないアサのことを悪く言う者は誰もいない。皆が、我が子のように梅のことを可愛がってくれた。

普段は己の技に少なくない額を取っているアサも、下谷の者の晴れの席では無銭《ただ》で張り切って腕を振るった。

どれほど疲れ果てた女でも、アサの手に掛かれば、周囲がはっと息を呑《の》むような清い姿に変わった。今まさに湯から上がったばかりのような、見ているこちらの心が洗われるような清々《すがすが》しい雰囲気を纏《まと》った。

梅が髪結いを志したことは、当たり前の流れだった。

「おっかさん、ゆっくり休んでおくれよ」

梅はつい先ほど言ったばかりの言葉を繰り返した。

「ああ、休むさ。毎日が極楽だ」

アサは梅の顔を見ずに、にやりと笑った。

「私の仕事は、もうあんたにやるよ。私は休みたいんだ」

アサは、梅が肝を冷やすくらいあっさりと言い放った。

「おっかさんは、まだまだ若いじゃないか。そんな老人のようなことを言わないでおくれよ」

思わず梅は身を乗り出した。

アサから一刻も早く髪結いの仕事に戻りたい、と言われたなら、全力で押し止《とど》めるつもりだった。それが、こうも簡単に諦《あきら》める姿を前にすると、素直に引き下がるわけにはいかない気にもなる。

「横にならせておくれ」

梅が眉《まゆ》を顰《ひそ》めて口を開きかけたところで、アサがぼそりと言った。喫い終わった煙管を差し出す手は細かく震えていた。

眠りたいという病人の頼みを断るわけにはいかない。

梅はアサの背に腕を回して、大きく鼻息を吐いた。

二

朝四つが過ぎると、内湯に浸《つ》かっていた遊女たちが続々と大部屋に戻って来る。

良く晴れて陽の光が暖かい春の日だ。

きれいさっぱり汚れを落とした身体から、林檎《りんご》の実のように青い香りが漂っている。

遊女たちは皆、けたたましくお喋《しゃべ》りに興じている。明るい大部屋が、遊女たちの肌から立ち上る湯気で靄《もや》がかかっているように見えた。

風呂《ふろ》上がりの身体から放たれる匂いの清々しさは、老若男女誰でも同じだ。梅も束の間、廓《くるわ》の生臭さを忘れる心持ちになった。

妓楼《ぎろう》の内風呂を使う順番は、位の高い遊女が先と決まっている。梅は風呂から上がって来たそばから皆を鏡の前に座らせて、次々に髪を結い直した。

　風呂上がりに髪結いに髪を直してもらえるのは、一部の上位の遊女だけだ。中位以下の遊女たちはほとんどの場合、己自身で髪の手入れをする。梅のすぐ横ではそんな遊女たちが壁にずらりと並んだ鏡に向かってしかめっ面を浮かべながら、己の髪を結い上げるために四苦八苦していた。

　タネの髪を結い上げたときのような大掛かりな洗髪は月に一度だけだ。いつもは、遊女たちは毎朝風呂に入った後、目の細かい櫛《くし》で髪の汚れを取って髪型を整え直す。梅は湯が染みて固くなった元結《もっとい》を外して櫛を通し、飴《あめ》細工を練るような手つきで手早く遊女の髪を結い直す。

　夜のうちにどれほど寝乱れても、以前アサが結い上げた髪の芯《しん》はしっかりと残っている。その芯に沿って髪を同じ形に戻せばよいので、それほどの手間はかからない。

　アサの作った髪型は、それぞれに特有の頭の形と毛流《もうりゅう》を使って、絶妙な位置で結い上げられている。形の美しさに加えて、ちょっとやそっとでは型の崩れない頑丈さも備えている。何万本もの髪が集まった束の中に一ヶ所だけ存在する、すべての流れを留める点を的確に読み、簪《かんざし》を挿してあった。

　遊女たちの髪を触っているとアサの意図がすべて伝わる。梅が余計な口を挟む余地などどこにもない、アサの仕事が伝わってくる。

「はい、出来上がりました」

櫛を置いた梅の声に、遊女は鏡をじっと覗《のぞ》き込んだ。

「ありがとうございんした」

遊女は、すぐに笑みを浮かべて廓言葉で応じた。しかし梅には、遊女の目の奥に残ったものが引っかかる。明確な不満はどこにもない。それなのに首を捻《ひね》っているような不穏なざわつきは、はっきりと感じる。

遊女の髪型は整っていた。その女を最も美しく見せる形に出来上がっていた。アサが結い上げたときと寸分違《たが》わぬ同じ形に戻っているはずだ。それなのに何かが足りない。

梅自身だって気付いていないはずはなかった。

「ところでおねえさん」

気を取り直したような顔で問いかける遊女に、梅は、ああまただ、と思う。

「おアサさんの具合は、いかがでんしゃろう？」

もうこの会話は何度目になるか数え切れない。数えたくもない。

「何事もなかったように、元気にしておりますよ。ですが医者のすすめで、もうしばらく養生しております」

「そりゃ、つまり……」

遊女の目に期待の色が宿る。

この遊女はアサの身体の回復を心待ちにしてくれているのだ。まったくもって良い話ではないか。遊女たちに心から慕われる母親、親方を持ったことは、娘であり弟子である己にとって大きな誇りではないか。

いくら前向きに捉《とら》えようとしても、やはり私では力が及ばないのだ、と気が抜けるような心持ちになる。ぱっと見でアサの作り上げた髪型が再現できたとしても、梅の技は断じてアサには及ばないということが、吉原の女たちにはわかってしまうのだ、と思う。

「そうですね。近々お目に掛かれるに違いありません」

梅は口角を僅《わず》かに下げて事実と違うことを言った。梅の嘘を信じて喜びの色が溢《あふ》れる遊女の顔を、真正面から見ることができない。

「おねえさん、お会いしたかったでありんす！」

ふいに、訛《なまり》の残った急ごしらえの廓言葉で呼びかけられて、梅は振り返った。

タネだ。

幼い身体から湯けむりを濛々《もうもう》と立ち上らせて、ちんまりと丸い禿島田《かむろしまだ》を頭に載っけて、満面の笑みを浮かべている。

「おねえさんに髪を直してもらう日が、楽しみでありんす」

タネは甘えた声で小首を傾げた。

紀ノ川に仕える禿となったタネは、遊女の見習いの立場でありながら、これからの大文字屋を担う隠し玉として手厚く優遇されていた。当然、タネの髪を結うのは髪結いの役目だ。

まだ客を取らない禿は床で寝乱れることがないので、毎朝の髪結いは必要ない。夜は極力髪を崩さないように高い箱枕に頭を乗せて寝ているので、寝起きに己自身でちょいちょいと鬢《びん》付け油で直せばよい。髪結いがタネの髪を結い直すのは週に一度と決まっていた。

このタネだけは、梅が髪を結うことを心底喜んでくれていた。タネは己を美しく変えてくれる梅の指に、憧《あこが》れと畏怖《いふ》を抱いてくれているとわかる。

アサを知らないタネだけが、梅に曇りのない信頼を寄せてくれる。

「ますますお美しくなられますね」

梅はタネの無邪気さにほっと気が抜けて微笑んだ。

タネはお世辞を撥《は》ねつけるような鋭い目をして、照れ臭そうに顔を伏せた。

まだ大文字屋で暮らし始めたばかりだが、タネは良い物をたくさん食べさせられているのだろう。ふっくらと肥えて気力が漲《みなぎ》っていた。急激に肉が柔らかくなった娘に特有の、重い身体を持て余すような雑な仕草をしている。そう遠くないうちにタネの身体には、初めての月のものが訪れるに違いない。

「紀ノ川花魁《おいらん》がお呼びでありんす」

タネは己の役目を思い出したように、勢い良く顔を上げた。

座敷持ちの花魁、それも最上級の呼出昼三《ちゅうさん》である紀ノ川は、湯から上がっても皆と一緒に大部屋でくつろいだりなどせず、すぐに二階の自室に戻る。それからゆっくり身支度をして、誰にもせかされることなく己の都合で、禿に髪結いを呼びに行かせるのだ。

茶屋の客を花魁道中で迎えに出向く時以外は、見世に出ることも強いられず、廓の自室に籠《こも》って自由気ままに過ごすことが許される。そんな、他の遊女たちとはすべてが別待遇の花魁に呼ばれたら、髪結いは大部屋の仕事を一旦《いったん》止めて、部屋まで出向くのが決まりだ。

紀ノ川の名前を聞いて、梅ははっと口元を引き締めた。

私が髪を結うことを紀ノ川はどう思うのだろう。

初めて顔を合わせた日、紀ノ川はアサに丁重に頭を下げた。しかし傍らの見習いの梅には目もくれようとしなかった姿を思い出す。

髪結いとして梅がアサに及ばないことを、紀ノ川が見逃すはずはない。それ以前に、気位の高い昼三花魁の紀ノ川は、素直に己の髪を梅に委《ゆだ》ねるのだろうか。梅の姿を見たそのときにあからさまな不快を示し、タネに別の髪結いを探してくるようにと命じるのではないだろうか。

「さあさあ、お急ぎなさんまし。紀ノ川花魁がお待ちかねでありんす」

タネは小股《こまた》で進み出ると、水気を含んだ丸い掌で梅の手を握った。

三

タネに先導されて、二階の一番奥まった部屋の襖《ふすま》の前に立った。

「紀ノ川花魁。わかな、でありんす。髪結いさんが、いらっしゃいました」

タネは〝わかな〟という名を得意げに発した。

禿になった娘は、幼く愛らしいひらがな三文字の名前を与えられる。

〝わかな〟というのが、紀ノ川から与えられたタネの禿としての源氏名だ。梅の脳裏に、若い菜の花の青々とした茎が浮かんだ。一口水を飲んだだけでぐいと背が伸びるような、タネの瑞々《みずみず》しい力強さに、わかな、という名がよく合っている。

襖の向こうから返事はない。

しかし、わかなと紀ノ川との間ではそういう決まりになっているのだろう。わかなはひとり合点した様子で小さく頷くと、おもむろに襖を開けた。

暗い廊下に佇《たたず》んでいた梅の目前に、一気に光が差した。

八畳の部屋の奥に、屏風《びょうぶ》で仕切られた客と過ごすための座敷がついている。二間続きの広い部屋だ。着物を入れるたくさんの行李《こうり》や化粧を直す鏡はもちろん、掛け軸の掛かった床の間までついた、武家のお姫様が暮らすような豪華な部屋だ。

仲の町大通りに面した大きな窓の障子は、開け放たれている。重ねた障子に寄りかかるように、紀ノ川が立膝《たてひざ》をついてぼんやりと外を眺めていた。

梅はぐっと息を呑んだ。アサのようにそつなく朗らかな挨拶《あいさつ》の言葉を掛けようと思っていたのに、すっかり言葉を失っていた。

紀ノ川は一糸まとわぬ裸の姿だった。

足元に湯の染みのついた長襦袢《ながじゅばん》が丸めて放り出してある。内湯から自室までの間だけ長襦袢を羽織って、部屋に入った途端に脱ぎ捨ててしまったのだろう。

血の気の感じられない魚の腹のような白い肌だ。ふくらはぎに赤い虫刺されの跡が一つだけあるのが目立つ。乳房は抱え込んだ膝に押し潰《つぶ》されて見えない。無防備に立てた膝の奥に桃色の肉を認めてしまいそうで、梅は慌てて眼を逸《そ》らした。

紀ノ川は、わかなと梅の気配にやっと気付いた様子で、ゆっくりと顔を上げた。

「いらっしゃいまし。お待ちしておりんした」

紀ノ川は梅を前に恥ずかしがる様子は微塵《みじん》もなく、目を細めて微笑んだ。身体を起こして背筋を伸ばすと、床に手をついて深々と頭を下げる。

素っ裸の女が折り目正しく振る舞う光景を見たのは、生まれて初めてだ。梅は呆然《ぼうぜん》とした心持ちで、身体を屈《かが》めても歪《ゆが》み一つ見せない紀ノ川の小ぶりで形の良い乳房を眺めた。

紀ノ川の髪はひどく乱れ、土台そのものがひしゃげていた。おくれ毛と呼ぶには太すぎる髪の束が幾筋も乳房を這《は》っていた。

曲がりなりにも吉原の遊女ならば、病気持ちや年増の集まる河岸《かし》見世の遊女であっても、風呂場以外であられもない裸の姿を人前に晒《さら》すことなどしない。つい先ほどまで梅が流れ作業で髪を結い続けていた大部屋でも、湯文字と長襦袢を身に着けていない遊女などひとりもいない。

金で身体を売る身でありながら決して女としての恥じらい、たしなみを忘れないのが、遊女の浮世離れした優美さの源であり、遊女自身の矜持《きょうじ》でもあるはずだった。

顔を上げた紀ノ川は畳に両膝をつくと、立ち上がるのが面倒臭いとでもいうように、身体を引き摺《ず》って鏡の前に向かった。

ほんの僅かに立ち上がる動作を惜しむなんて。紀ノ川の横着が滲《にじ》み出るような行動を前にして、呼吸が浅くなる。

紀ノ川は己の裸が梅の眼に晒されることに、露ほども恥ずかしさを感じていない。身内同然に親しみを感じてくれているわけでは、もちろんない。

人を人とも思わない扱いに、どんな意地悪をされるよりも気持ちが萎《しお》れていくのを感じた。

「どのようにいたしましょう？」

梅は強張った声で紀ノ川に訊《き》いた。

弱気になった心をどうにかして悟られないようにと思ったら、不貞腐《ふてくさ》れているような低い声が出てしまった。思わず額をぴしゃりと叩《たた》きたくなる。

「お任せいたしんす」

紀ノ川は間髪を容《い》れずに、小声で囁《ささや》くように答えた。

紀ノ川は梅に全身を預けるように鏡の前にへたり込んだ。

梅が恐れていたような、どうしてこんな見習いに己の髪を触らせなくてはいけないのだ、という苛立ちや、梅の髪結いとしての能力を判じてやろうというような底意地の悪さはまったく感じられない。

梅は拍子抜けしたような心持ちで、紀ノ川の元結を解いた。なぜか、どれだけ紀ノ川の髪を触ったとしても裸の身体にだけは指一本触れないぞ、と、固く誓う気分になり、指先が強張る。

両掌を大きく開いて紀ノ川の頭を掌の中に収める。小さな頭だった。まだまだ子供の禿であるわかなと、さほど変わらないほど小さな頭だ。小さな頭の小さな顔に、大人の配分で整った目鼻が描かれている。

梅よりも一回りも二回りも小ぶりな身体だ。床の中で男が持ち運びしやすくするために作られたような女だ、と思う。

紀ノ川の髪は溢れ出す泉の水のように力が漲っている。太くて強くて量が多いのに癖がなくまっすぐ伸びる髪は、どこかはしたなさを思わせるほど壮健だ。

アサがかつて紀ノ川に結い上げたのは、兵庫髷《ひょうごまげ》だ。立兵庫《たてひょうご》という本来の呼び名を俗に伊達《だて》兵庫《ひょうご》と呼ぶ。髷をうんと高い位置に結い上げる派手な髪型で、いかにも玄人らしい浮世離れした華やかさがあるので、上級の花魁がよく注文する。

伊達兵庫に限らず、花魁の好む髪型は、襟足の髱《たぼ》と呼ばれる部分を派手に大きくたゆませたものばかりだ。すっきりした清楚《せいそ》さを拭《ぬぐ》い去り、だらしなさと紙一重の気負いのなさを示す。

物事に集中し、我を失うのは恰好《かっこう》悪い。必死になるのはみっともない。昨今のお江戸で粋《いき》とされているそんな心持ちが、花魁の装いにも表れていた。

「はい、出来上がりました」

ほっと短い息を吐いて櫛を置いた梅は、己の手元の異様な光景に動きを止めた。

櫛には海の中で昆布でも攫《さら》ったように、大量の黒い髪が巻き付いていた。黒々と濡《ぬ》れた髪は、抜け落ちて命を失ったと気付いていないように太く輝き生気を放つ。

身体を壊した病人の髪が、このようにごっそり抜ける状況は珍しくない。しかし木から木の葉が落ちるように抜け落ちる病人の髪は、傍目《はため》で見てはっきりわかるほど水気も脂気も失い老いて枯れきっていた。

紀ノ川から抜け落ちた髪は違う。禍々《まがまが》しいまでに健やかな髪だ。

梅はさりげない仕草を装って抜けた髪が付いたままの櫛を懐に隠した。いつもなら抜けた髪を櫛から取り去ってちり紙に包む場面だが、髪の量が多すぎた。

「ありがとうござんした」

紀ノ川は梅に礼を言うと、鏡の前に来た時と同じように、四つん這いで身体を引き摺って窓辺に近付いた。

それを待ち構えていたかのように、窓辺から「にゃあ」と猫の声が聞こえた。

障子を開け放った窓から、痩《や》せた三毛猫が今まさに部屋へ入り込もうとしていた。

にゃあ。にゃあ。

どこからかまた鳴き声が聞こえるが、こちらを見据える三毛猫は、期待に満ちた目で口を噤《つぐ》んでいる。他にも何匹かの猫が屋根を伝ってこの部屋を目指しているようだ。

傍らのわかなが慌てた様子で屏風の陰に向かった。すぐに戻って来たわかなの手には漆の椀《わん》がある。米の飯が盛られているのかと思ったが、よくよく見ると、焼き魚の身を丁寧にほぐしたものだ。

紀ノ川はこの部屋で野良猫に餌《え》付《づ》けをしているようだ。

「紀ノ川花魁、こちらをお持ちしました」

梅のところからでは、わかなに向き合う紀ノ川の表情は見えない。紀ノ川が漆の椀を手に取ろうとして、ぴたりと動きを止めた姿だけが影絵のように見て取れた。

「そうだ、髪結いさんにお頼みしたいことがありんした」

紀ノ川は己のこめかみにそっと触れて、どうしてこんな大事なことを忘れていたんだろう、とでもいうように苦笑した。わかなは椀を掲げたまま微動だにせず固まっている。

紀ノ川はわかなと猫たちに背を向けて、大きく勢いを付けて立ち上がった。屏風に掛かった金刺繍《ししゅう》の赤地の振り袖《そで》によろめきながら近付くと、奥から紙包みを取り出す。

一歩ずつ梅に近付いてくる紀ノ川の幽鬼のように覚束《おぼつか》ない歩みに、梅は知らず知らずのうちに半歩後ずさった。

「髪結いさん、これで、しゃぐまを作っておくんなまし」

紀ノ川の口調は職人に仕事を頼む客らしいあっさりしたものだった。しかし梅に紙包みを差し出す手つきは、まるで蝶《ちょう》の薄羽でも抱くように丁寧だ。

梅が紙包みを手に取ると慣れた感触が伝わった。中身は髪の毛の束だ。

〝しゃぐま〟とは、花魁が髷に括《くく》りつける、一抱えほどもある円盤状の付け毛だ。海を渡った清《しん》の国に生息する、ヤクと呼ばれる牛の仲間の毛を巻き付けて作る。

しゃぐまを後頭部に背負うと髪の大きさは倍ぐらいに膨れ上がる。それに加えて鼈甲《べっこう》の簪をこれでもかというくらい大量に挿す仰々しい髪型なので、吉原の花魁以外がするはずもない。いつの間にか市井では、しゃぐま、という言葉自体が、花魁のとんでもない奇抜な髪型全般を言い表すようにもなっていた。

「銭はいくらかかっても構わしんす。ただ、必ず〝俄《にわか》〟に間に合わせてくださんまし」

〝俄〟とは吉原で年に一度行われる夏祭りだ。幇間《たいこもち》や芸者、時に禿や遊女までもが参加して即興芝居を行う。

紀ノ川は梅の手に渡った髪の束をじっと見つめた。梅もつられて眼を落とす。髪の束は、ちょうどしゃぐまの表面を一周薄く覆うことができる量がありそうだ。

着物の中に入れて大事に持っていたことからして、ヤクの毛のはずはない。この髪はまぎれもなく人の毛髪だ。

にゃあ。

鋭い猫の声が聞こえた。

にゃあ。にゃあ。にゃあ。

餌をお預けにされて苛立った猫たちの声が、部屋の中に響き渡る。

「はいはい、聞こえとるよ。ちょう待ちいな」

紀ノ川の口から、いきなり西の訛が流れ出した。ぎこちない廓言葉よりも、はるかに滑らかで威勢の良さを感じさせる声色だった。

梅ははっと顔を上げた。

紀ノ川は小首を傾げる。今、梅が耳にしたのはただの空耳だったとでも信じ込ませるように、梅の動揺を何事かと気遣うような眼で、再び深く小首を傾げる。

「わかりました。〝俄〟までには必ず仕上げさせていただきます」

梅はどうにかこうにか喉《のど》から声を絞り出しながら、紀ノ川は一度もアサの具合について尋ねなかった、と思った。

四

長屋の板張りの床の上に紙包みを広げて、梅は首を捻った。

紀ノ川から渡された紙包みの中身は、想像していたとおり人の髪だった。

手渡されたその時は、きっと情夫の髪に違いないと思った。遊女と惚《ほ》れ合った男が何らかの理由で二度と訪れることができなくなったとき、けじめとして己の髷を切り落として相手に贈るという話を聞いた記憶があった。

髷を切ってしまった姿は、男として情けないことこの上ない。このご時世に坊主頭の男など、それこそ坊主か医者ぐらいだ。

遊女が情夫への真心を誓って小指を切り落とす流行が、情念に溢れた鬼気迫る行動であるのに対して、情夫が髷を切るほうは、浮気や甲斐性《かいしょう》のなさの戒めのような意味もある。

そんなどこか滑稽《こっけい》な事情で贈られた男の髪を、紀ノ川がしゃぐまとして大事に身に付けたいと思うなんて。紀ノ川にもそんな割り切れない女心があると知ると、親しみを感じるような気がした。

だがしかし、紀ノ川の渡した髪は情夫の髷などではなかった。

梅は散らばった髪の一本を指先で抓《つま》んだ。

髪の毛は、行燈《あんどん》の揺れる光に照らされて白く鈍い光を放っている。白髪ではなくまぎれもない黒髪だが、光を跳ね返して輝く黒味がどこにもない。髪はまるで小枝のように強張った直線を描いて、あちこち折れ曲がっている。

痩せ細って傷み切った、みすぼらしい髪だ。水気も脂気もすべてすっかり失っている。拳の中に入れて力を込めたら、おそらく粉々に折れるに違いない。

髪を見ればすぐにわかる。これは、病人の髪だ。それも、長い間患っていた病人の髪。白髪交じりで男女の区別のない剛毛になる年寄りの髪とは違う。どこか産毛の気配を残す、まだそれほど年のいっていない若い女の髪だった。

梅は、背後に敷いた布団に横たわったアサの姿を、ちらりと見遣った。

アサは少女のような洗い髪姿のまま、固く目を閉じている。年を重ねていてもアサの髪は美しい。毛の先まで魂が籠っている。生え際の富士額も黒々として艶《つや》がある。

梅は眉間《みけん》に皺《しわ》を寄せた。

懐に入れたままの結い櫛を取り出す。結い櫛は昼間、紀ノ川の髪を梳《す》いたときに付いた長い毛が、そのままになっている。

並べてみるまでもない。紀ノ川の内側から光を放つような漆黒の髪と、見知らぬ病人の枯れ切った髪。誰もが付け毛と知っているしゃぐまに仕立てるとしても、到底釣り合わない。むしろ、しゃぐまは作り物の付け毛であるからこそ、人の髪よりもさらに腰と艶のあるヤクの毛を使うのが普通だ。

紀ノ川の言葉を思い出す。

銭はどれほどかかっても構わない。ただ、〝俄〟に間に合わせてほしい――。

吉原では始終何らかの祭りを行っている。だが〝俄〟と他の祭りとの違いは、遊女たちの装いの奇抜さにある。

普段はより豪奢《ごうしゃ》に華やかにと競い合っている花魁も、〝俄〟の日は即興芝居に駆り出されてもおかしくない楽しげな仮装をする。

上等な花魁の仮装は、これでもかというくらい手が込んでいる。男装をするにしても、着物の色遣いを寒色にして眉を男らしく鋭く描き、あとは襟を抜いて華奢《きゃしゃ》な鎖骨を見せつけたりと、趣向を凝らすことに余念がない。

そんな己の心意気の試される場で、紀ノ川はこの窶《やつ》れ果てた髪をどう使うというのか。

もしかして紀ノ川は、この髪を使って〝俄〟の夜に病人の仮装をしようとでもいうのだろうか。

梅は大きく左右に首を振った。

そんな無粋な趣向は、紀ノ川らしくなかった。万が一そのつもりなら、はっきり口に出して梅に命じるに違いない。そのしゃぐまを背負う張本人の紀ノ川が、謎かけのようなことをする子細がない。

「まだ寝ないのかい？」

アサが目を閉じたまま、眉根に皺を寄せた。行燈の光が眩《まぶ》しくて眠れない、と苛立ったような口調だが、言葉の奥に微《かす》かに柔らかさを感じた気がした。

梅は口を噤んだ。

アサは梅に何か困ったことが起きたと勘付いている。おそらくすべてお見通しなのだ。

ひとりで出向いた吉原で、梅はそつなく仕事をやりおおせることができている。しかしアサの代わりはどこにもいない。遊女たちはいつまでもアサを待っている。いくら腕を磨こうとも、梅ではアサの代わりになることはできないのだ。

今、梅がアサに泣きつけば、きっとアサは答えをくれる。なんだそんなことで悩んでいたのか、と仏頂面をしながら、あっさり片付けてくれるだろう。

梅は行燈の炎に向かって勢い良く息を吹きかけた。部屋の中は一瞬にして真っ暗になる。床に広げた髪も、横たわるアサの姿も、闇の中にすっかり消えた。

「ちょうど今、寝ようと思っていたところだよ」

梅は真っ暗闇に向かって言い放った。

五

「紀ノ川花魁は、風呂から上がってすぐに眠ってしまったでありんす。こんな日に朝寝をして、風邪を引きでもしたら大事《おおごと》になりんすが……」

梅の前に座り込んだわかなが、堰《せき》を切ったように喋り出した。

外は暗い雨だ。数日前の暖かさが嘘のように冷たい風が吹き、寒の戻りを感じる。

紀ノ川の名を出されて、元結を解く指が強張ったのを感じた。

紀ノ川に依頼されたしゃぐまをどのような形に仕上げるか、目途はまったく立っていない。命じられたままに、痩せ細った毛をしゃぐまの表面に散らしてあしらうだけなら簡単だ。しかし、そんな無粋な仕事をして平然と金を貰《もら》うなんて嫌だった。

仮にも職人の梅に、決して美しくなりえないものを作らせるなんて。嫌がらせにしても子供っぽい。紀ノ川の真意がどうしてもわからず、幾日も夜遅くまであれやこれやと深刻に考えた。

大部屋に集う風呂上がりの遊女たちの口元も、寒さで心なしか強張っているのだろう。いつもよりも、物静かで気だるい雰囲気が漂っている。

そんな中、わかなたち禿の幼い身体にだけは命の力が漲っている。敏捷《びんしょう》な動きで目まぐるしく周囲を見回しながら、嬉《うれ》しい話には大きな笑みを浮かべ、愚痴には眉間に皺を寄せ、生き生きとよく喋る。

禿とさほど年が変わらないながら既に遊女となった娘の浮腫《むく》んだ顔を見ていると、男と寝るということは、寿命が縮むほどの労を費やす過酷な仕事だと感じる。

「紀ノ川花魁は、お疲れですね。今日は、泊りの客でもいらしたのでしょうか？」

ふと、今日、まともに口をきくのは初めてだ、と思った。遊女たちは梅が髪結いにやってくる姿に慣れたのか、ここ数日は話し掛けてもこない。

書き損じの紙に筆を走らせて真剣に情夫への文の文面を考えたり、鏡越しに他の遊女と喋ったりと、皆、梅などその場にいないかのように振る舞っていた。

降り注ぐ雨の音を聞きながら、こんな寒い日に、湯上がりの裸のまま寝込んでいる紀ノ川の姿を想う。きっと、屏風の向こうの三枚重ねの布団に戻って、身体に夜具を巻き付けて眠っているはずだ。

紀ノ川の火照った裸の身体から、魂が抜けるように湯の熱が失われていくのがわかる。身体が冷えるに従って、床に落ちるように気が遠くなっていく。眠気が身体中を覆う。目覚めたときにきっとひどい頭痛に見舞われるとわかっているのに、どうしても瞼《まぶた》が重くて耐えられない。

　そんな紀ノ川の甘い眠りの快楽が、二階の床から染み込むように伝わってくる気がした。

「いつもと変わらしゃんす。紀ノ川花魁は、絶対に男なぞに情は持たぬでありんす。どれほどのお得意さんであっても、引け四つの拍子木が鳴ったらそこでお別れでありんす」

　わかなは、幾分誇らしげに言った。

　先日の様子からすると、確かに紀ノ川は客への熱い情など持ち合わせていなそうだ。いきなり裸で出迎えられる梅の気持ちなど想像さえせず、たとえ想像できたとしてもそんなことで己の振る舞いを変えるつもりはない。

　梅の脳裏に、裸の肌を晒した紀ノ川の、ふてぶてしいまでに平静な表情が浮かぶ。

　男の客ならば、いつかはその肌に触れることができる。いくら心が冷えていようとも、生きた人間ならば肌だけは温かい。しかし同じ女である梅からすると、紀ノ川にはこれから先も微塵も理解し合うことのできない隔たりを感じた。

　幼いわかなの生々しい感情も、いずれ紀ノ川のように内へと閉じてしまうのだろうか。これから数限りない客を取ることで、摩耗してしまうのだろうか。

「今日も、良い髪ですね。わかなさんの、心のまっすぐな様子が表れるような、良い髪です」

梅は結い櫛で髪を梳《くしけず》りながら、思わず口に出した。

梅を慕ってくれる可愛らしいわかなには、美しい女に成長しても、どうか今の純粋さを忘れないで欲しいと思った。

わかなは鏡を見据えて目を細めた。濡れた手で毛を撫《な》でられる猫のように、櫛の動きに合わせて気持ち良さそうに息を吸う。

わかなの禿島田は梅自身が結った髪だ。本来なら己の技の癖がついていて、アサが土台を作ったものよりも手馴染《てなじ》みが良いはずだ。それなのに思ったようにうまくいかない。梅の作る髪型は癖が残る。型崩れを気にし過ぎているのだ。この部位に変な固い流れをつけた髪結いはどこの誰だ、と舌打ちをしたい気分になる。どこにも余計な力の残らないアサとの違いがはっきりわかる。

梅は心の動揺を隠して、慎重に元結を留めた。

「おねえさん、紀ノ川花魁のしゃぐまはどうなりんしたか？」

ふと、わかなは声を潜めた。鏡越しに目を合わせる。声は低いのに目元が悪戯《いたずら》っぽく笑っている。梅が紀ノ川の突拍子もない頼みに頭を悩ませているに違いないと、わかっている顔だ。

梅は思わず顔を顰めてから、鏡越しの己の顔に気付いて、慌てて職人らしく作った笑みを浮かべた。

　わかなが、そんな梅の姿が可笑《おか》しくてならないというように、ぷっと吹き出して笑った。梅への親しみの籠った子供らしく明るい笑顔だ。

　取り繕っても仕方がない。梅もわかなに合わせて苦笑いを浮かべた。

「どうにもなりません。困っているところです。紀ノ川花魁は、どうしてあんなふうに弱った人の髪を使って〝俄〟に出ようなんて思い付いたのでしょう？」

　鏡越しにわかなと向き合って弱音を吐くのは、照れ臭い。梅はわかなの髪に簪を打ちながら言った。己の仕事に気を張り詰めているときのほうが、素直に話すことができる気がした。

「あの髪は、死人の髪でありんす」

　わかなの言葉に、梅は顔を上げた。想像していたことだったが、はっきり事実を知らされると胸がぎくりと震えた。

「どうして紀ノ川花魁は、死人の髪なんて不吉なものを、身に付けようと思ったのでしょうか？」

梅は素直に問いかけた。

言葉とは裏腹に、死人の髪は不吉なものなどではないと思っていた。

家族の誰かが死んだとき、愛《いと》おしい誰かが死んだとき、死体から髪を切り取って遺髪として大切に持ち歩く習慣は身近に聞く話だ。紀ノ川にとって、その人の髪を身に付けたいと思うほどの相手とは誰なのだろう。

「きっと、紀ノ川花魁の大切な人の髪でありんす。そうでなくては、紀ノ川花魁ともあろう方が、他人の髪なぞ身に付けるはずがないでありんす。〝俄〟の席で、抱《ほう》一《いっ》さまの錦絵《にしきえ》として描いてもらうためには、その人の髪こそが必要でありんす」

梅は抱一という名に呼吸を止めた。

わかなが言っているのは、浮世絵師の酒井《さかい》抱一のことだ。

吉原の妓楼の主人は、絵師や戯曲家や俳人など、芸術の才を持って生まれてきた者の面倒を見ている場合が多い。彼らに恩を売っておけば、風流好きの金持ち客の求めに応じて、場に呼び出して大いに宴席を盛り上げることができた。

遊女を題材にした美人画を得意とする酒井抱一は、吉原の中でも最も人気のある芸術家といえるだろう。

客が抱一を連れ歩くことで、遊女たちは歓声を上げて盛り上がる。抱一の描く浮世絵は、お江戸の女の顔立ちの流行を決める。抱一に己の姿を描いてもらえるということは、吉原で生きる女にとってこれ以上もない誉れだ。

だから抱一の周囲には、その人気にあやかろうと常に金持ちがいる。時間も金も持て余して、少々投げやりな気分になった、金のありがたみに気付いていない、甘ったれた金持ちが。抱一の周囲には彼らがいつも集って、夜な夜な宴《うたげ》を繰り広げている——。

梅は目元に力を込めて、脳裏に浮かび上がろうとする龍之介の面影を強引に搔《か》き消した。

「抱一さまの絵になるには、いくら紀ノ川花魁であろうとも、ただ華やかなだけでは駄目でありんす。紀ノ川花魁が、誰も代わりになることができない、他に例のない唯一の花魁であることを、お江戸中に知らしめる装いでなくては駄目でありんす」

わかなは誰かの言葉をそのまま口にしているのだろう。そこだけ大人びた口調で言って、己の言葉に頷いた。

六

身体の節々に重みを感じてくるような冷たい長雨がどうにか止んだのは、それから数日後のことだった。

大部屋の遊女たちは、いつもどおり梅などこの場にいないかのように振る舞う。梅の横顔を素通りしてけたたましいお喋りに花を咲かせ、鏡の向こうの己自身の姿にもさほど関心はない。

梅は改めて現状を見渡して、寺子屋の師匠のような心持ちで気を引き締めた。

今日はどうにかして、遊女たちから話を聞き出さなくてはいけない。

髪の束の主と紀ノ川とは、いったいどんな仲だったのか。大文字屋にやってきたばかりのわかなは知らない何かが、二人の間にあったはずだ。

「よろしくお頼み申しんす」

一人目の遊女が慇懃《いんぎん》無礼な裏声で言い放ち、梅の顔を見ずに己の手元に眼を落とした。手には皺だらけのちり紙と小筆が握られている。客への文の言葉を考えているに違いない。

座敷持ちと呼ばれる、二間の部屋を持っている上級の遊女だ。揚げ代がそれぞれ二分、三分の昼二、昼三には及ばないが、大部屋で髪を結う遊女では最高級といえるだろう。

切れ長の目は惚れ惚れするように整っているが、鼻と唇は少々大き目で顔の造りは大味だ。しかしそれは梅が紀ノ川と比べてしまうからであり、お江戸の下町で暮らしていれば大評判になるほどの美貌《びぼう》であることには変わりない。

「わたくしは、梅と申します。ここで長くお世話になっておりましたアサの娘です。おそらくきっと、とっくにご存じかと思いますが、きちんとお顔を合わせてご挨拶をするのを忘れていました。慣れない仕事に手を動かすだけで精一杯で、大変失礼をいたしました」

梅は遊女の両肩にそっと手を置き、鏡越しに頭を下げた。

遊女はこれまで梅には文字どおり目もくれなかった。梅にとって、その状況は寂しい反面心が落ち着くところもあった。誰とも目を合わせることがなければ、己の拙《つたな》さが露見せずに済むような気がした。

遊女が訝《いぶか》し気な表情で顔を上げた。直後、鼻でふんっと息を吐く。

「どうも、ご丁寧にありがとうございんした。わっちは、紫乃《しの》と申しんす。おそらくきっと、お梅さんはご存じではなかったかと思わしんすが」

紫乃は口元を片方だけ曲げて嫌味を言った。

梅は櫛を握った手を止めて、深々と頭を下げた。客の名前さえ知らずに髪を結っていたことは、とんでもなく恥ずかしいことだと思い知らされた。

きつい言葉を浴びせかけられたのに、ちっとも嫌な気持ちにならなかった。紫乃が嫌味の一つも言ってくれたおかげで、大事なことに気付くことができた。心なしか、紫乃の髪を梳く指先にも血の通った手ごたえを感じる。

紫乃はすぐに眼を手元の文に戻した。

梅は鏡越しに紫乃の俯《うつむ》く顔を窺《うかが》いながら、アサの働いている姿を思い出した。

アサならば、きっと難なく聞き出してしまうだろう。髪を結うアサが身に纏うものは、それだけで人の心を緩めて口元を綻《ほころ》ばせ、身体の凝りを取り去ってしまう。身を整えて装う女たちの期待に満ちた気力が、部屋中に充満する。着物を着て化粧をして、そして髪を整えることで、今日という日にきっと何か良いことが起きると信じるような期待が溢れ出す。

アサはいったいどんな呪術《じゅじゅつ》を使っているのだろう。

梅は紫乃の生え際に力強く櫛を通しながら、思いを巡らせた。

まずは笑顔だ。

梅は奥歯まで丸見えになるようなアサの満面の笑みを真似してみた。鏡に、猫が欠伸《あくび》をするようなひどい顔をした己が映る。あまりのみっともなさにおかしくなって、梅は思わずふっと息を抜いて本当に笑った。

紫乃がちらりと眼を上げたのがわかった。

次は、言葉だ。アサはいつだって髪を結う相手を、歯の浮くような台詞《せりふ》で褒めちぎった。後ろで見ている梅からすると、客が、馬鹿にするな、と怒り出すのではとひやひやするほど、とにかくアサはひたすら美辞麗句を並べたてた。

ではそれを真似してみよう。と、口を開きかけてから、すぐにやめた。

あのお世辞は、誰もが認める髪結いとしての腕を持ったアサだからこそ、許されるものだ。梅が恐る恐る上っ面だけ真似をしたところで、本当に相手を怒らせてしまうかもしれない。

何か別の方法があるはずだ。梅にしかできない、己にしかわからないことが――。

櫛を握った小指の先が、紫乃の耳たぶに微かに触れた。

痛みを感じるほどの勢いではないが、小指の爪の固い感触に驚いたのだろう。紫乃の首元が強張ったのがわかった。

梅は動きを止めた。

髪に触れることは肌に触れることと同じだ。ただ髪は切られても痛みを感じないというだけで、髪には肌と同じかそれ以上に敏感な触覚が備わっている。

遊女たちは梅に髪を結われることを、どう感じていたのだろう。

梅は初めて己に問いかけた。

怖い。

最初に胸に浮かんだのはそんな言葉だった。

見ず知らずの者に髪を触られることは、怖いことだろう。

梅が髪を結いながら指先で髪の主の息遣いを感じるのと同じだけ、相手は梅の指からいろんなものを感じている。痛い思いをさせられないか、いきなり髪を摑《つか》んで引き摺り回されないか。そんなことはあるはずがないとわかっていても、髪を結われながら、人は皆、心の奥底では息を潜め、身を縮めて怯《おび》えている。

「ごめんなさい。驚きましたね」

梅は紫乃の肩に両手を置いた。両掌を大きく開いて、己の体温を紫乃に伝えようというように。ゆっくり力を込める。

「なんにも驚きやしんす」

紫乃は、きょとんとした表情を浮かべた。先ほど身を強張らせたのは、本当に無意識のことだったのだろう。

「少し、お手を貸していただけますか？」

梅は筆を置いた紫乃の右掌を握った。湯でふやけた掌を両手の親指でゆっくり押す。布団に横たわるアサの動かない右手を毎晩揉むときの仕草だ。ただ祈るような気持ちで、己の肌の温かみを伝え、相手の肌の奥の凝りをほぐすことに集中する。

「何やら、按摩《あんま》のようでありんすなあ」

紫乃がくすぐったそうに笑った。

「はい、おしまいです。目や肩も少し楽になったはずですよ」

両掌を十回ほど揉んでから手を離すと、紫乃は言われるままに己の目元に力を込めた。

「ほんとう。すっきりいたしんす」

紫乃は目頭を指先で押さえて、鏡越しに笑みを浮かべた。紀ノ川には及ばないまでも、さすがは座敷持ちの上級遊女だ。紫乃が笑うと、その刹那《せつな》に部屋の光が確かに変わった。仏頂面の妹分たちがはっと身を正すような華やかさが咲く。

「続きに戻らせていただきますね」

紫乃の髪に触れた途端、梅は息を呑んだ。

そこには人肌の熱が通っていた。先ほどとは明らかに違う、生きて命を宿した髪の感触が梅の掌に伝わった。

「お梅さん、そろそろ廓での仕事に慣れんしたか？　初めてのことばかりで、困ることもありんしょう？」

紫乃は鏡越しに梅の目を見据えながら、上機嫌に世間話を始めた。

「紀ノ川花魁には、お気をつけなさりんす。あの人は、一度だって間夫を作ったことがない女でありんす。くれぐれも、あの人のお美しさに気を吸い取られませんように」

どういう意味ですか？　と身を乗り出して訊こうとして、紫乃の訳知り顔の笑みを浮かべる口元に気付いた。

紫乃は敢えてわざと、悪口とも陰口ともならない絶妙な言葉を選んでいた。

「一度も男に気を取られたことがないなんて、羨《うらや》ましい限りです。そんな人生でしたら、私もどれほど楽だったでしょう」

梅が手を動かしながら苦笑すると、紫乃は頬を綻ばせて目配せをした。梅がかつて男女の仲に苦労したことがあると察して、一気に打ち解けた様子だ。

「紀ノ川花魁には、いつだって夕霧《ゆうぎり》ねえさんがおりんした。夕霧ねえさんは、ほんの二月ほど前に布団部屋で亡くなりんしたが、病に倒れる前は、大文字屋を背負う名だたる花魁でありんした」

紫乃はこっそりと耳打ちしてから、素知らぬ顔で口を閉じた。

七

吉原大門を抜けて日本堤《にほんづつみ》を下谷のほうへ歩くと、ちょうど日本堤の終わるあたりに田圃《たんぼ》に囲まれた寂しい寺がある。浄閑寺《じょうかんじ》という、その名の通り浄土宗の寺だ。

吉原の遊女たちが死ぬと、ここで弔われる決まりになっている。近くを通ると、寺ごと燻し出されているように立ち上る線香の煙に、必ずひどい咳《せき》が出る。

鼠色の曇り空は持ちこたえることができず、霧雨が降り出していた。

寺には身体が重くなるような陰鬱《いんうつ》な気配が漂っているように思えた。境内に大木がいくつもあって木陰が多いから、という理由だけではなさそうだ。

梅は境内に足を踏み入れる前に大きく息を吸って、すぐに線香の煙にむせて激しく咳《せ》き込んだ。

乾いた咳の音が静まり返った寺に妙によく響く。梅は口元を手拭いで押さえながら、尚《なお》も胸の底から湧き上がろうとする咳を必死でこらえた。

山門を抜けて本堂に近付くと、背後で人の気配を感じた。

濡れた砂利の軋《きし》む音に合わせて振り返ると、住職らしき老人の姿があった。表情は強張っている。梅の咳き込む音に、怪訝《けげん》な気持ちで様子を見にやって来たに違いない。

「何かご用ですかな？」

この寺に梅のような若い娘がひとりでやってくるのは、珍しいのだろう。住職の口調には梅が勝手に境内に入ってきたことを咎《とが》めるような響きがあった。

梅は慌てて勢い良く頭を下げた。

「こちらに、吉原のお女郎さんが弔われていると聞きまして……」

お江戸で暮らす者ならば、そんなことは誰だって知っている。住職は梅の真意を探るような目で、黙って頷いた。肝試しのつもりで遊び半分に訪れたなら許さないぞ、という厳しさを感じる表情だ。

吉原の花魁は芝居役者と同じくらい、お江戸の若い娘にとって憧れの存在だ。花魁の錦絵は飛ぶように売れ、町娘たちは花魁の流行の装いをどうにかして生活に取り入れようと苦心した。

花魁が夜にどのような仕事をしているか知るようになるうちに、娘たちの熱は少しずつ冷めるものだ。しかし、ごくまれに途轍《とてつ》もない熱意を持って、齢を重ねるほど花魁に心酔する女もいた。

梅もそんな女のうちの一人だとでも、思われているのかもしれない。

「私は吉原の髪結いの梅と申します」

梅は素性を名乗った。すぐに己を〝髪結い〟と躊躇《ちゅうちょ》なく称したことに気付き、少々後ろめたい気持ちになる。お前はまだまだ〝髪結い〟になりきれてなぞいないぞ、という声が耳元で聞こえてくるような気がする。

住職の目元の光が僅かに緩んだ。

「夕霧さんのことを伺いたいのです。かつて大文字屋の花魁だった方と聞きました」

紀ノ川に渡された髪の束のことも話したほうがいいだろうか。懐の紙包みに手を伸ばしかけた梅に、住職はそっと掌を見せて制した。夕霧の名を聞いただけですべて合点したかのように、小さく頷く。

「ついておいで」

住職は踵《きびす》を返して、霧雨の中を本堂の左手の小道に進んだ。

向かった先は、寒椿の生け垣に囲まれた墓所だった。

墓所のずっと奥には、明らかに空気が黒く淀《よど》んで見える小さな暗い雑木林があった。裏門から運び込まれた身寄りのない遊女の死体は、経の一つもあげてもらえずに、あの雑木林にある大穴に放り込まれるのだろう。穴が死体でいっぱいになったら上から土をかけてそのまま土葬し、そこが墓になる。同じ人間だというのに、その末期は犬猫にも劣る悲惨な扱いだ。

住職は、あの大穴に梅を連れていくつもりなのだろうか。死体の山から夕霧の朽ちた身体を指し示し、これが夕霧だ、とでも教えてくれるつもりなのだろうか。

梅はぶるりと身を震わせた。足取りがもつれる。

梅の懐には、紀ノ川から預かった夕霧の髪の束がある。一旦夕霧の死体を目にしてしまったら、この髪の束と同じ部屋に寝るなんて恐ろしいことができるはずがなかった。

何とかしてこの場から逃げ出す方法はないかと、梅は頭を巡らせた。脇の下に冷たい汗が伝う。

「ここだよ。これが夕霧だ」

住職が樟《くすのき》の大木の下で足を止めた。大穴の待ち構えた雑木林は、まだまだずっと奥だ。

梅は怪訝な気持ちで住職の顔を見上げた。

住職は微笑んで頷く。

眼の先には真新しい小さな墓石があった。梅の膝小僧あたりまでしかない、小さな小さな墓石だ。墓石には〝夕霧〟と刻まれている。

「吉原の女郎が己の墓を持つなんて、めったにない話だ。どれほど栄華を極めた花魁であっても、ここへ来ると決まれば、身ぐるみはがされて投げ込まれるものなのに。楼主も馴染みの客も、死んだ女郎にわざわざ金を出す者など、どこにもいない」

住職が小さな墓石を穏やかな目で見下ろした。

「誰がこんなことを？」

梅が訊くと、住職は墓石の右脇を指さした。〝大文字屋〟と、力強い文字が彫り込まれている。

「大文字屋の主人が、夕霧さんにこのお墓を作ってあげたんですか？　病気の彼女を、ずっと布団部屋に放り込んでいたという話を聞いていましたが……」

梅の言葉に、住職は左右に首を振った。

「大文字屋が、凋落《ちょうらく》した花魁にそんな金を使うはずがない。この墓代を出したのは、紀ノ川だよ。誰もがいなくなってしまった後に、大文字屋の夕霧という花魁の名が、墓石と共に後の世に残るようにって計らいさ」

　紀ノ川という名に、梅は息を呑んだ。

「どうして紀ノ川さんは、夕霧さんのためにそこまで……」

「表向きは、紀ノ川が禿の頃に夕霧の世話になったからだと聞いた。しかしだからといって、墓を一つ建てるには途方もない金がかかる。紀ノ川の年季はどれほど延びたかわからない」

　住職は首を捻った。

「夕霧はここへ運ばれてきたときから、髪が切り取られていた。おそらく情夫に形見として与えたのだろうが、その情夫も薄情なものだ。一度だって墓参りに来た様子はない。紀ノ川はそんな夕霧の一生を哀れに思ったのだろう」

　住職は両手を合わせた。

「この世はあっという間に終わるが、あの世はいつまでも続く。誰かひとりにでも、これほどまで慕われてあの世へ向かった夕霧は、とても幸せだよ」

　住職は力強い口調で言い切ると、それっきり口を噤んだ。

八

梅が紙箱から取り出したしゃぐまを前にして、紀ノ川の唇が小さく震えた。

今日の紀ノ川は、相変わらず湯文字一つ身に着けない裸の上に、桃色の長襦袢を羽織っただけの姿だ。横座りになって窓辺に腰掛けたまま、梅が部屋に入ってきても動く様子はない。

梅のほうは心構えができていたので、部屋に入ってからずっと紀ノ川の顔だけをじっと見据えていることができた。

「なにやら、きれいな色でありんすなあ。こんなしゃぐまを見たのは、生まれて初めてでありんす」

紀ノ川はさほど興奮していない口調で、のんびりと呟いた。しかし、忙《せわ》しなく瞬《まばた》きを繰り返している。

紀ノ川は一抱えほどの円盤状のしゃぐまを両手で摑んで、窓際の陽に透かした。

しゃぐまの表面は、黒く艶のある上等なヤクの毛で覆われている。しかしそれだけではない。漆黒の毛のところどころに、放射状に金色の髪の筋が光る。

朝の陽に当たって、金髪はまるで狐の毛並みのように白い光を放って輝く。

夜になって赤い提灯《ちょうちん》や行燈の光に照らされれば、しゃぐまの金髪の筋は、まるで金箔《きんぱく》をまぶした漆塗りのような艶めいた光を放つに違いなかった。

こんなしゃぐまを背負った花魁は、古今東西、誰ひとりとして目にしたことがないだろう。

仮装に近い奇抜な装いをしながら、決して毒々しい悪趣味とはならずに粋を貫く。紀ノ川ならばこのしゃぐまを身に着けることができる。

〝俄〟の場にこのしゃぐまを背負った紀ノ川が現れる刹那の客のどよめきを想うと、梅の口元から自《おの》ずと笑みが零《こぼ》れた。

紀ノ川は、金髪に顔を近付けてじっと見つめた。

「海の水に浸けてから日に晒してを繰り返し、髪の色を抜きました。壮健な大人の髪ならば、海水で焼けた髪は赤茶色になるはずなんです。ですが、この髪は――」

紀ノ川が顔を上げた。

「死人の髪でありんす。ずいぶん長く患っていらしんした」

紀ノ川の返答に、傍らに控えていたわかながが身を縮めたのがわかった。梅に紀ノ川の大切な人の話をしてしまった手前、居心が悪いのだろう。

梅はわかなにちらりとも眼を向けないように気遣いながら、紀ノ川に向かって頷いた。

「夕霧さんですね。お墓にお参りしてきました」

紀ノ川は梅に心を読まれるのを拒むように、目を細めた。

「朝は陽が当たり夕方には木陰に隠れる、気持ちのよい場所でした。とても小さなお墓でしたが、とても可愛らしいお墓でした。夕霧さんの名前は墓石にしっかり深く彫り込んであって、きっと百年経っても残るに違いありません」

紀ノ川は細めた目を静かに閉じた。

「髪結いさんは、何でも知っていらっしゃるから恐ろしいでありんす」

紀ノ川は目を閉じたまま、しゃぐまを膝に置いた。そっと己の長襦袢の胸元を合わせた。

「髪に合わせてみますか？」

梅が訊くと、紀ノ川は左右に首を振った。

「合わせなくともわかりんす」

紀ノ川はきっぱり言い切って、膝の上のしゃぐまを、猫の背を撫でるように優しく叩いた。

「お梅さん、わっちと夕霧ねえさんは、皆が思っているような仲ではありんせん。ただ、二人とも、世の男が誰もみんな同じに見えたってだけでありんす」

紀ノ川はしゃぐまを撫でながら、廓言葉に似合わない低い声で囁いた。

梅は頷き、紀ノ川が言葉を続けるのを待った。

「歌も芝居も誰もかれもが、男と女の話ばかりでうんざりいたしんす。わっちは、ただ優しいねえさんとお話しして、可愛い猫を撫で、故郷《ふるさと》のちっちゃな妹のことを想っていれば、それだけで幸せでありんした」

紀ノ川の口元が失った昔を思い出すように、悲しげに緩んだ。

「幼い妹さんがいらっしゃるんですか？」

梅が訊くと、紀ノ川はそこに興味を持ったのが意外だという顔をした。

「お雪《ゆき》という名の子で、別れた時は赤ん坊でありんした。でもよく考えてみると、あれから幾年経ったことやら……。今では、わかなと大して変わらない年頃かもしれんせん」

紀ノ川は身を固くしているわかなを、ちらりと振り返った。

紀ノ川がこれほど滑らかに話をするなんて、夢の中にいるようなぼんやりとした光景だった。まるで下谷で一緒に育った女友達のように、梅の顔を覗き込んで、何かを訊かれるそのことが楽しくてたまらないという顔で喋る。

「今は、文を送り合ってはいないのですか？」

梅は知らず知らずのうちに笑顔になっていると気付いた。もっと紀ノ川と話したかった。紀ノ川の大切なもののことを、もっと知りたいと思った。

紀ノ川は左右に首を振った。

「文は書かぬでありんす。決して」

紀ノ川は桃色の唇をつぼめて小さく微笑んだ。

「なぜですか？」

「きっと、生きてはおりんせん」

紀ノ川の心の戸がいきなりすっと閉じた。

梅は言葉を失って紀ノ川の顔を眺めた。

紀ノ川は初めてその姿を目にしたときと同じ、人形のような紺色の瞳《ひとみ》をして摑みどころのない笑みを湛《たた》えていた。

しかし梅には紀ノ川の姿がこれまでとは違って見えた。

梅の心には、ほんの一瞬の、紀ノ川との会話に漂っていた華やいだ空気が残っていた。

楽しくお喋りをして相手のことをもっとたくさん知り、己のことをたくさん知って欲しいという、女同士の親密な気配が温かく残っていた。

「生きていますよ。悪趣味なことを言ってはいけません。ばちが当たります」

梅は一息に言い切った。紀ノ川の両肩を掴み瞳の中を挑むように覗き込んで、大きく頷いた。

紀ノ川の憂いを晴らしてやりたいと思った。紀ノ川をもっともっと美しく磨いてやりたかった。そしてほんの少しでも、また一緒に己のことを語り合いたいと思った。

紀ノ川は魂を抜かれたような顔をして口を半開きにした。表情に変化はないが、瞳の奥にさざ波が立っているのはわかる。

梅は紀ノ川の背中をぽんと叩いた。

「さあ、心持ちを変えて髪を直しましょう。今日はどんな髪型にいたしましょうか？」

紀ノ川は素直に頷くと、両掌を床について覚束ない足取りで立ち上がった。

第三章　灯籠鬢《とうろうびん》

一

「これではなかりんす」

赤地に金繻子《しゅす》の着物を肩に掛けた紀ノ川は、きっぱりと言い切った。鏡越しに梅に小さくかぶりを振る。

梅は眼を伏せて密《ひそ》かに奥歯を嚙《か》み締めた。落ち込んでいる暇などない。すぐに顔を鏡に戻して頷《うなず》いた。

「わかりました。別の型を試してみましょう」

朝早いうちから紀ノ川の部屋に籠《こも》って、もう今日だけで三度も、髪を結っては解《ほど》いてを繰り返している。

初日は息を呑《の》んで微動だにせず見守っていたわかなも、これはかなりの時間がかかると察したのだろう。今では部屋に梅だけを残して、外にお遣いに出てしまっていた。

頭のてっぺんに載せるしゃぐまはこれぞという形に決まったのに、その土台となる髪型が幾日経っても見つからない。

金色に輝く筋を放つ、しゃぐまの主張が強すぎるのだ。

襟足の髱《たぼ》をたゆませたいかにも花魁《おいらん》らしい髪型にあのしゃぐまを載せると、目線が後ろにばかりいってどうにも野暮ったい。光り輝く華やかなものを背負ったからといって、皆の目がそれに釘付《くぎづ》けになってしまうようでは失敗だ。

梅は結い櫛《ぐし》を懐に入れて、親指の腹で櫛の歯をしごいた。

紀ノ川の髪が前にも増して大量に抜けていた。日に三度も結い直したら、どれほど壮健な若い娘でも、頭皮が疲れて髪が抜け落ちてくるのは当たり前だ。

梅はああ、と頭を抱えたい心持ちになった。

「お梅さん、少し休んではいかがでんしゃろうか？」

紀ノ川が鏡越しに含み笑いを浮かべて、肩を竦《すく》めた。

梅は、はっと身を正した。鏡に、眉間《みけん》に皺《しわ》を寄せて難しい顔をした己の姿が映っていた。

「ごめんなさい。どうにもまとまらなくて……」

梅は懐に結い櫛をしまって、両手で頬を押さえた。

「わっちは、吉原一のへそ曲がりでありんす。お梅さんのせいじゃあ、ありんせん」

紀ノ川はさっぱりした口調で言い放った。鏡台に置かれた鼈甲《べっこう》の簪《かんざし》を手に取り、思案深げな顔で弄《もてあそ》ぶ。しばらく眼を虚空に泳がせていた。

「髷《まげ》を、横兵庫にしてみたらどうでんしゃろう？　今まで試したことがありんせんが、昨年あたりから吉原でも……」

紀ノ川は簪の先を顎《あご》に当てて、梅を振り返った。

梅は間髪容《い》れずに、大きく首を横に振った。

「私に作らせてください。紀ノ川花魁は、それを判じることだけに心を注いでください」

力を込めて言い切ってから、己の言葉の強さにひやりとした。

紀ノ川の心づかいが嬉《うれ》しくないはずはなかった。しかし二人揃ってああでもないこうでもないと始まったら、きっと酷《ひど》いものが出来上がってしまう確信があった。美しいものをただ楽しむ人並みの心で考えては、決してうまくいかない。どうにかして己の髪結いとしての技を研ぎ澄ませ、我が身に伴った経験の中から、新しいものを見つけ出さなくてはいけない。

梅が腕を使って生み出したものを、紀ノ川が心で判じる。その形でなくては、絶対に良いものはできないと思った。

紀ノ川が動きを止めて目を丸くした。しばらくその顔で固まってから、次第に頬が緩んでいく。

「こりゃあ、職人さんに大変な無礼をいたしんした。どうぞ、許しておくんなまし」

口元を綻《ほころ》ばせながらの謝罪の言葉なのに、小馬鹿にしたような響きはなかった。

「こちらこそ、せっかく提案してくださったのに、強情っぱりなことを言ってすみません」

深々と頭を下げた梅に、紀ノ川は鼻先で掌《てのひら》を左右に振った。

「へそ曲がりと強情っぱりで顔を突き合わせていて、よくまあ喧嘩《けんか》にならしんすなあ」

紀ノ川は愉快そうに肩を揺らして笑った。

「にゃあ」

窓の向こうの猫の鳴き声に、紀ノ川の瞳《ひとみ》が輝いた。

「猫に餌をやりんせんと。あの仔《こ》がお腹を空《す》かせておりんす」

心持ちを切り替える良いきっかけができた、とでもいうように、紀ノ川は勢いをつけて立ち上がった。

梅が夕霧の髪をあしらったしゃぐまを披露した日を境に、紀ノ川の身体には目に見えて気力が宿ってきたように思えた。いつまでも寒の戻りを繰り返していた春がようやく終わり、一気に夏が近づく陽気だからかもしれない。

梅が初めてこの部屋を訪れたときは、立ち上がることも億劫《おっくう》そうに四つん這《ば》いで動いていた紀ノ川が、今では力強さを感じるほどしっかりと歩き回っている。身体もほんの少し肥えたようで、肌艶《はだつや》により磨きがかかったようだ。

餌遣《や》りが終わるまでは、梅も一休みだ。道具を並べ直しながら息をついた。

紀ノ川は金屏風《びょうぶ》の向こうに隠した漆の椀《わん》を持って、窓辺に向かう。

「お雪や、お雪。あい、食べよ」

歌うように語り掛ける声に、梅は顔を上げた。武骨で温かい西の訛《なまり》だ。

「お雪ちゃん。妹さんと同じ名ですね？」

梅は紀ノ川の後を追った。

漆塗りの椀に頭を突っ込んで魚の身を頬張っている猫は、その名のとおり雪のように白い。

「この仔が、いちばん、お雪に似ておりんす」

紀ノ川は目を細めて白猫の顎を撫《な》でた。

「お雪ちゃんは、色白の可愛らしい子だったのでしょうね」

紀ノ川が廓《くるわ》言葉に戻ってしまったことに少し寂しさを感じながら、梅は白猫の毛並みに眼を向けた。

「お雪は、大雪の日に生まれた子でありんす。たいそう頑丈な肌の、牛蒡《ごぼう》のように地黒の赤ん坊でありんした。六人兄弟のなかでわっちだけが、風来坊の父親譲りの青《あお》っ白《ちろ》い肌でありんす」

紀ノ川は、〝父親〟というところだけ冷たい響きで言い放った。

梅ははっと紀ノ川の顔を窺《うかが》った。紀ノ川の口元が僅《わず》かに歪《ゆが》んでいることを見て取る。

梅は両掌を強く握った。〝父〟という響きに苦いものを感じる。アサの戸惑った顔が脳裏に浮かんできそうで、慌てて眉間に力を込めて搔《か》き消した。

「それでは、どうしてこの仔がお雪ちゃんなんですか？」

梅は気を取り直して、白猫の雪の背を撫でた。

雪は慣れない梅の掌を嫌がり、食事の邪魔をされたことに「にゃあ」と不平の声を上げた。小さな身体なのに鳴き声は案外大きくて、思わず後ずさりしそうになる。

「お梅さんは、赤ん坊を育てたことがありんすか？」

紀ノ川が正面から梅を見据えて訊《き》いた。

「ありません。私はひとり娘で下に兄弟はなく、祝言してからも子を持ちませんでした」

梅は雪の鼻先を人差し指でちょいと触った。

「この仔の声は、お雪がお乳を求めて泣いた声と、そっくりでありんす。この仔といると、お雪を背負って畑仕事に出ていた昔を思い出しんす」

思い出話をしている声は穏やかなのに、紀ノ川は眉《まゆ》を顰《ひそ》めて唇を嚙んだ。

雪が話を聞いていたように顔を上げて、紀ノ川の横顔に「にゃあ」と一声鳴いた。こちらを向いて毛並みを撫でろ、と命じるように、目玉を見開いて腹の底から力強い声で鳴く。

梅には、どこにでもいる猫の鳴き声にしか聞こえなかった。

二

長屋の部屋に戻ると、アサが卓袱《ちゃぶ》台《だい》に嚙《かぶ》り付くような姿勢で牡丹餅《ぼたもち》を拵《こしら》えていた。

大皿の上に、握り拳《こぶし》ほどの大きさの牡丹餅が十ほども積み上げられている。梅とアサの二人では到底食べきれないほどの量だ。

「おっかさん、昼飯が足りなかったのかい？　もういくつか握り飯を作って、置いておけばよかったね」

　梅はぎょっとする心持ちで台所に眼を巡らせながら、アサにできる限り優しい声を掛けた。

　底に湯の残った鍋《なべ》が土間に放り出されている以外は、火の始末も済ませてあり、どこも焼け焦げになっている様子はない。

　ほっと息を吐く。

　アサの身体は、糸の切れてしまった右手を除いては日に日に良くなっていた。今では、長屋の前の路地を通ってひとりで厠《かわや》に行くこともできる。ただ、利き手の右手が動かないことは、傍《はた》から見て想像する以上に都合が悪いようだ。

　日がな一日、寝たり起きたりの生活は変わらないままで、外に出歩いている様子もない。家のことはすべて仕事を終えてから梅がまとめて片付けていた。

「昼飯は、もうあれでじゅうぶんだよ。暇だったから、やってみただけさ」

　アサは左手だけをぎこちなく使って牡丹餅に分厚く餡《あん》を絡めながら、言った。

「暇だったからって……。おっかさんは、休むのが仕事だよ」

台所の火元に再びちらりと眼を向けた。

「私のことよりも、あんたの仕事はどうなんだい？」

アサは掌の中の牡丹餅をしげしげと眺めながら訊いた。梅の返答を待つほんの僅かな間に、アサが横目でこちらを窺ったのがわかる。

「おっかさんの憂慮には及ばないさ、万事うまくいっているよ」

梅は付け元気の明るい声で答えると、アサに素早く背を向けた。

背後からがたんという音が聞こえて、振り返る。

アサが餡だらけの手のまま、肘《ひじ》を卓袱台について膝《ひざ》を起こしていた。井戸端まで手を洗いに行こうとしているに違いない。しかしどちらの手も床につくことができないので、身体が大きく傾ぐ。

慌てて駆け寄って、脇から手を添えた。

「大丈夫かい、おっかさん。転んだら大変だよ」

アサはむきになったように幾度も頷きながら、よろつく足どりで外へ出て行った。

草履を引き摺《ず》るアサの足音を聞きながら、梅は卓袱台の上の牡丹餅の山を眺めた。

小豆《あずき》の煮込み具合が足りなかったようで、ところどころに硬そうな赤い皮の欠片《かけら》が覗《のぞ》く。

滑らかな餡を作るには、前の夜から小豆を水に浸して、しっかりふやかさなくてはいけない。おそらくアサはそんな面倒な下ごしらえはすっ飛ばしてしまったのだろう。

昔からアサは、ろくに食事の支度なぞしたことがないのだから仕方がない。動かないあの手でわざわざ牡丹餅なんて面倒なものを作ったと思うと、アサにとって隠居生活はよほど退屈なのだろうと気の毒にもなってくる。

梅は牡丹餅を一つ手に取り、口に放り込んだ。

小豆の乾いた粉に水気だけを混ぜたような、何ともざらついた歯ざわりだ。貴重な砂糖の甘みを際立たせようと塩を利かせたのはわかるが、今度は塩気が強すぎる。さらに餡が分厚すぎる。真ん中のもち米はほんの親指の先ほどの大きさで、それを取り巻く餡はもち米の五倍くらいの厚みがある。

店で売っていたら文句の一つも言いたくなるような味ではあるが、不思議とすんなりと腹に収まった。

「先にもらっているよ。ありがとうね」

部屋に戻ってきたアサに礼を言うと、アサは少々穏やかな表情になって鼻を鳴らした。

長い時間をかけてゆっくりと膝を折り、卓袱台越しに梅の真正面に座る。

「こんなにたくさんの小豆、誰かに貰《もら》ったのかい？」

梅が二つ目の牡丹餅を頬張りながら訊くと、アサは首を横に振った。

「物売りから買ったんだよ」

当たり前だろう、という口調で答えて、アサも牡丹餅に左手を伸ばす。

「買ったっていったって、こりゃ、すごい量だよ？　その物売りには、何か気の毒な事情があったってのかい？」

「うるさいねえ、私が好きで買ったんだ。少し黙っていてくれよ」

アサは面倒臭そうに梅の言葉を払い落とした。思いのほか強い調子で、梅は驚いてアサの横顔を見上げた。

「おっかさん、何を怒っているんだい？」

梅は長く鼻息を吐いた。アサは梅から顔を背けたままだ。

「そうかい、うるさくして悪かったね。もう、おっかさんには話し掛けないよ」

それほどきついことを言われたわけではないのに、鼻の奥で涙の味を感じるような気がした。

そのまま二人ともしばらく黙って、牡丹餅を口に押し込んだ。

ふと、アサの身の回りの物を入れた行李《こうり》の蓋《ふた》が開いていることに気付いた。中から鮮やかな橙《だいだい》色の布が飛び出しているせいだ。

梅は怪訝《けげん》な気持ちで立ち上がった。

「いいよ。後で私がやるから、放っておいておくれ」

アサの声を背に聞きながら、行李の蓋を開けた。

「おっかさん、こんな着物、いったいどこに着ていくんだい？」

ひどく意地の悪い声が出た。

行李に押し込まれていたのは、ホオズキのような橙色の鹿《か》の子絞りの柄の着物だ。梅が着ても少し派手なのではと感じるような、華やかで艶のある若い娘の着物だ。

狭い長屋暮らしでお互いの持ち物はわかっているはずだ。こんな着物、アサが倒れる前には一度も見たことがない。手に取って広げてみると、濃い樟脳《しょうのう》の匂いが漂った。つい数日前に古着売りから買ったばかりに違いない。

「こりゃ、ずいぶん細身じゃないか。小柄で人形みたいな若い娘が着るものだ。おっかさんには無理に決まっているよ」

アサがこの着物を着ている姿を思い描いたら、あまりにも珍妙で思わず苦笑いが浮かんだ。こんな洒落《しゃれ》た仕立ての着物を着こなすことができるのは、紀ノ川のような、人よりも一回り小ぶりな身体を持った女くらいだろう。

「おっかさんは、こんな着物を何のつもりで買ったんだい？」

　笑いながら振り返った。

　アサは梅の言葉など何一つ耳に入っていない顔をして、ものすごい勢いで牡丹餅を喰《く》らっていた。

　大皿の上の牡丹餅の山を据わった目で睨《にら》み付けながら、アサは一心不乱に己の作った牡丹餅を腹の中に片付ける。

「おっかさん……？」

　アサはそれから大皿の牡丹餅をすべて平らげるまで、一言も口をきかなかった。

三

「お梅さん、ちょっとよろしいでんしゃろうか？　ひとつ、訊きたいことがありんす」

　大部屋の鏡の前に座った紫乃が、眉間に皺を寄せて口を開いた。湯上がりの桃色の肌のこめかみに、汗が二筋垂れている。

部屋には梅雨の蒸し暑い空気が立ち込めている。湯冷めをしなくなった代わりに、いつまでも湯の熱が身体に籠るような気候だ。

ようやく、大部屋の皆の顔と名をすっかり覚えた。それに加えて、話すたびに大事なところがころころ変わるそれぞれの身の上話も一通り聞き終えた。

噂話には気をつけていたつもりだったが、梅が浄閑寺へ夕霧の墓参りに出向いたことは、次の日には大部屋の皆に知れ渡っていた。おそらくわかなの仕業に違いない。

紫乃の手には毎度のことながら、皺だらけの書き損じの紙と小筆が握られている。よほど頭を悩ませながら文を書かなくてはいけない相手がいるのだろう。鏡の脇で横座りをした妹分の振り袖《そで》新造《しんぞう》が、紫陽花《あじさい》柄の団扇《うちわ》で紫乃の頬に風を送る。

紀ノ川の髪型に悩み始めてから半月近くが過ぎていた。結局今朝も新しい髪型へ何の手がかりも見出《みいだ》せないまま、紀ノ川の部屋を後にした。

大部屋に一歩足を踏み入れたら、己の仕事はここにある。紀ノ川の髪のことは一《いっ》旦《たん》頭から消し去らなくてはいけないと、心に幾度も言い聞かせた。

「はいはい、何でもおっしゃってくださいな」

梅は紫乃の顔を鏡に向かわせて、明るい声で答えた。口の端を力強く引き上げる。結い櫛を手早く動かして、紫乃の髪に取り掛かった。

寒い時季には気付かなかったが、紫乃はかなりの汗っかきだ。富士額に掌を押し当てると、熱い汗でしっとりと濡《ぬ》れている。

「お梅さんは、どうして旦那《だんな》と別れんしたか？」

いきなり紫乃に尋ねられて、結い櫛を握った手が止まった。

「お梅さんは、独り者でんしゃろう？　お内儀《かみ》さんらしいところが、まったくありんせん」

梅の表情に、己の見立てが正しかったとわかったのだろう。紫乃は鼻の穴を少々広げて得意げな顔をした。

団扇を揺らす振り袖新造が、紫乃と俊敏に目配せをして笑った。

梅は結い櫛を握り直した。笑顔を繕うよりも先に、適当な答えで誤魔化すよりも先に、まずは目の前の仕事に没頭しようと手を動かし始める。

紫乃の汗ばんだ髪に櫛を通す。

夏場の髪の型崩れを防ぐには、鬢《びん》付け油を生え際から指一本分ほど離して塗らなくてはいけない。生え際まで鬢付け油を塗りたくってしまうと、汗で油が溶け出してひどいことになる。

梅は紫乃の髪だけを喰い入るように見つめた。

「ろくな思い出ではありません。思い返すだけで、むかっ腹が立ちます」

気付くとそんな言葉が口から流れ出していた。慌てておどけた調子で大袈裟《おおげさ》に顔を顰《しか》めた。

「するってえと、男の浮気に女の悋気《りんき》、ってところでんしゃろうか？　お梅さんは、生真面目そうな顔をしていらっしゃりんす。男の廓遊びにいちいち目くじら立てていたら、人の女房は務まりんせん」

紫乃は間髪容れずに相槌《あいづち》を打って、己の言葉に幾度も頷いた。

「浮気で終われば良かったのですが……」

梅の答えに、紫乃は怪訝そうな表情で小首を傾げた。

「夫はその女《ひと》と、所帯を持ちました。私は家を追い出されて、母のところに出戻りです」

振り袖新造の団扇の動きが止まった。紫乃と振り袖新造は、呆気《あっけ》に取られた様子で顔を見合わせる。

「……お梅さん、あんたよくまあ、そんな仕打ちに耐えられたものでありんすなあ！」

紫乃は、梅を責め立てているようなきつい口調で叫んだ。

紫乃の剣幕に、大部屋の遊女たちは何事かと顔を向けた。ひそひそ話がさざ波のように伝わっていくと、皆が顔を真っ赤にして眉を顰める。

「黙って引き下がってはおりませんよ」

梅は紫乃の元結《もっとい》をきつく締めながら、素早く鏡に眼を向けた。

「家を追い出されるときに、店の売り物は、すべて滅茶苦茶に叩《たた》き壊して参りました」

梅の言葉に一瞬の静けさが訪れた。

直後、大部屋の遊女たちが一斉に声を上げて笑った。夜の疲れを忘れきったような、あっけらかんと明るい娘たちの笑い声だ。紫乃も頭を動かさないように苦心しながら、口元に手を当てて大笑いだ。

「旦那は、何の商いをしておりんした？」

紫乃は目《め》尻《じり》に滲《にじ》んだ涙を人差し指で拭《ぬぐ》いながら訊いた。

「旗師であります。私が壊した由緒あるお宝の値は、総じて千両は下りません」

「千両！」

梅の返答に、遊女たちはいよいよ大盛り上がりだ。皆、両手を打ち鳴らして笑い転げた。「よくやりんした！」という賞賛の声が、部屋のそこかしこから飛んできた。わざわざ梅の横に駆け寄ってきて、背中を叩いていく者までいる。

少々喋《しゃべ》りすぎたと感じながらも、皆の笑顔に囲まれると悪い気分はしない。

無心で手を動かす梅の横を、楽し気で華やいだ空気が抜けていく。

目の前の仕事に心底没頭しているときは、頭の中の靄《もや》はすっきり晴れ、言葉から毒が失《う》せ、自《おの》ずと口元に笑みが浮かぶ。

働くとは楽しいことだとしみじみ感じた。

「私の話ばかりでごめんなさい。相談ごととは何だったでしょう？」

髪を仕上げた梅は、紫乃の肩に落ちた髪を抓《つま》みながら訊いた。

「そりゃあ、その話を聞いたらもうよかりんす」

紫乃は苦笑いを浮かべて左右に首を振った。

「お紫乃ねえさんは、祝言の約束をしたお客さんがおりんす」

振り袖新造が口を挟んだ。紫乃は黙っていろ、というように振り袖新造を睨んでから、照れ臭そうに肩を竦めた。

「卑怯《ひきょう》な男でありんす。古女房なぞいつでも家から叩き出してやるなんて言いながら、いつになるかと尋ねると、のらりくらりとかわしてばかり。わっちに他に間夫ができそうと聞けば泣いて取り縋《すが》るくせに、つい先月、三人目の子が生まれんした」

紫乃は、すべてが馬鹿らしいというように頬を膨らませ、眉間に皺を寄せた。

「お梅さんは、家を追ん出されたとき、泣きんしたか？」

紫乃は梅を睨み付けるような鋭い眼を向けた。

目元は鋭く張り詰めているのに、唇の端は拗《す》ねたように下がっていた。

「泣いたに決まっていますよ！　湯島の家から下谷の実家まで、わんわん大声で泣きながら帰りましたよ！」

梅は大口を開けて笑い、勢い良く言い切った。

心の目に、不忍池を横目に池之端仲町《いけのはたなかちょう》通りを全力で走る己の姿が浮かんできた。

心ノ臓が激しく脈打ち、口の中は乾ききっていた。狭い店の中で棒きれを力いっぱい振り回したせいで、飛んできた陶器の破片で手の甲にいくつも傷ができていた。

このまま不忍池に飛び込んでやろうかと思った。離縁したばかりの妻が土左衛門《どざえもん》になって見つかれば、いくら龍之介に甘い湯島の家の人たちでも、世間体を気にして絶縁を言い渡すに違いない。

そうすれば龍之介はこれから一生、梅の名を噂されながら生きて行くのだ。梅を捨てた龍之介が、珠緒《たまお》と幸せな家庭を築くなんてことは許せるはずがなかった。

梅は己の般若《はんにゃ》の形相を思い描き、鼻息を抜いて微笑んだ。

「……かわいそうな思いをさせんしたなあ」

紫乃は薄《うっす》らと涙が溜《た》まった目をして振り返った。そっと梅の手を取り、汗ばんだ両掌で包み込む。梅の瞳の奥を覗き込んで、ゆっくりと深く頷いた。

梅は紫乃の瞳を見つめ返した。

紫乃の黒目がちの瞳には、外の曇り空の光が白く煙っている。湯上がりの化粧っけのない桃色の頰に、目尻に溜まった涙が今にも零《こぼ》れ落ちそうなところで留《とど》まっている。

なんと綺麗《きれい》な娘だろうと思った。なんと心根の優しく、愛らしい娘だろうと思った。

「でもわっちは、謝りんせん」

紫乃は口を尖《とが》らせて言い放つと、顎を上げて悠然とした笑みを浮かべた。

四

梅が持参した帳面を、紀ノ川は眉間に皺を寄せて真剣に検分した。帳面にはのっぺらぼうの顔に、さまざまな髪型の絵が描かれている。

ここしばらく仕事を終えて部屋に戻ってから、毎晩遅くまで新しい髪型を考え続けていた。

ただぼんやり頬杖《ほおづえ》をついて壁を眺めていても、頭に浮かぶのは、このまま何も見つからなかったらどうなるのだろうという、いちばん考えても意味のない不安ばかりだ。

とにかく私は職人なのだから手を動かそう。手を動かしていれば、きっと頭も運も良い方向に回ってくれるはずだ。

そう思って、行燈《あんどん》の下でこれまで作った髪型を帳面にまとめてみることにした。

一晩中髪を貸してくれて試作に付き合ってくれる相手がいれば最高だが、そんな都合が良い話はない。

アサならばいつでもすぐ脇にいるが、とてもではないが頼む気にならなかった。

牡丹餅の日から、アサとはろくに口をきいていない。

「どれもこれも同じに見えしんす。違いが、まったくわかりんせん」

紀ノ川は帳面を畳の上に乱暴に放り出した。

帳面に描かれている髪型の数は五十近くある。梅が並々ならぬ熱を抱いて描いた絵であることは、一目見てわかるはずだ。だが紀ノ川はそんな事情にはまったくお構いなしだ。

「わっちは、ずぶの〝素人〟でありんす。そこんところを、もっとわかっておくんなまし。難しい細かいところの話は、職人さん同士のものでありんす」

紀ノ川は肩を竦めて、梅に文句を言った。

「確かに、その通りです。でも、この絵があれば、どのような髪を美しいと感じるのかを指で差して教えてもらうことができます。職人はそれを踏まえて、改めてその人その場に最もふさわしいものを考えます」

梅は取りなすように紀ノ川の背中を撫でて、ふっと息を抜いて笑った。

紀ノ川が本来の用法通りに口にした、〝素人〟という言葉が可笑《おか》しかった。たしかにそのように使われる場面もあるが、前置きなしに〝素人〟〝玄人〟といえば、それぞれ町娘と遊女を示す。花魁の紀ノ川は、〝玄人〟の最たるもののはずだ。

紀ノ川は梅の言葉に、素直になるほどと納得した様子だ。

顔は仏頂面のままだったが、放り投げた帳面を膝の上に戻した。帳面を再び手早く捲《めく》る。しげしげと眺めて軽く数回頷いてから、やはりどうしても違いがわからないというように、困った顔で梅を見上げた。

「すみません。私の絵がまずいのですね。もっと精進します」

梅と紀ノ川は顔を見合わせて吹き出した。

髪型はいつになっても決まらないのに、紀ノ川には見違えるほど笑顔が増えていた。

梅にとっては楽観できる兆しは何もないはずなのに、焦りを微塵《みじん》も見せない紀ノ川の姿に救われていると感じる。

「そうだ。お梅さん、芋でも召し上がりんすか？」

紀ノ川は唐突にそう言って、傍らに置いていた漆塗りの重箱を引き寄せた。蓋を開けると、輪切りにした蒸《ふ》かし芋が幾列もずらりと並んでいる。

梅は思わず首を捻《ひね》った。

朱色の漆器の中に芋が大量に押し込まれている光景は、どこかがおかしい。紀ノ川の風貌《ふうぼう》からすれば、爪の先ほどの大きさの繊細な砂糖菓子を舐《な》めているほうが、はるかに似合っている。

「お梅さんは、芋が嫌いんすか？」

梅の顔を不安そうに窺いながら、紀ノ川が囁《ささや》いた。

「この世に芋が嫌いな女なぞ、いるはずがないでしょう！　ぜひいただきます！」

梅は慌てて明るい声で答えた。

ほっとした様子の紀ノ川に倣って、重箱の前で顔を突き合わせて一切れずつ抓んで口に運ぶ。

漆塗りの重箱に入っているのだから、もしかしたら見た目が蒸かし芋なだけで、とんでもなく精巧に作られた上等な菓子なのではと思った。しかし口の中の蒸かし芋は、普段梅が家で食べているものと同じく、何の変哲もない泥臭い甘みだ。

「紀ノ川花魁と向かい合って芋を齧《かじ》っているなんて、妙な気分です」

梅が口をもごつかせながら言うと、紀ノ川は「わっちは何も妙ではありんせん」と答えて三つ目の芋を口に入れた。

「〝俄《にわか》〟までに、良い型が見つかるとよいでしんすなあ」

芋の味のせいで、紀ノ川の口調が、いつもよりもっとのんびりと長閑《のどか》に聞こえた。

「大丈夫ですよ。私にお任せください。素晴らしい型を見つけ出して、紀ノ川花魁の最高の姿を抱一さまに描いていただきましょう」

梅は自分でも不思議なくらい頼もしい口調で、きっぱりと言い切った。

酒井抱一の描く錦絵《にしきえ》が、梅の脳裏にはっきりと浮かぶ。龍之介と過ごした湯島の家の床の間に飾られていた、艶《あで》やかな美人画だ。町娘を描いているというのに、はっと息を呑むような匂い立つ色気がある。それでいて年寄りが目を細めたくなるような、無邪気な可愛らしさも失っていない。

抱一は師匠の歌川豊春《うたがわとよはる》の流れを受け継いで、切れ長の瞳の美人を描くことに長《た》けていた。しかし抱一の絵にしかない美しさは、その淡い色遣いだ。清楚《せいそ》な町娘を描くならばもちろんのこと、豪奢《ごうしゃ》な姿の遊女でさえ、抱一はすべて乳色を混ぜたような柔らかい色で描く。

目で見たままを描いているのではないのに、目で見た以上にその光景の美しさに触れることができるような心持ちになる。そんな抱一の筆で今の紀ノ川を描いたらどれほど見事な錦絵ができるかと、想像するだけで胸が高鳴った。

「……抱一さまの取巻《とりまき》が、お梅さんの前の旦那か？」

紀ノ川が、いきなり低い声で唸《うな》るように訊いた。

梅はえっと聞き返して、喉《のど》に詰まった芋をどうにかこうにか飲み込んだ。

「武蔵屋の次男坊の龍之介が、お梅さんを捨てた男か？」

紀ノ川は頬に芋の欠片を付けて、梅に真顔で問いかけた。

かつては己の一部であった武蔵屋という名を、ずいぶん久しぶりに聞いたと思った。

「そうです。龍之介が私の夫です」

眼を伏せて答えてから、慌てて言い直す。

「前の、夫です。吉原のお女郎さんを好きになって、その人と所帯を持ちたいから別れてくれと、畳に額を擦《こす》り付けて頼まれました。情けないったらありゃしません」

梅は龍之介をけなしているのか己を笑っているのかわからない気分で、もう一度「情けないったら」と呟《つぶや》いた。

「龍之介は、どうして珠緒さんを選ばれんした？」

紀ノ川の口から出てきた珠緒の名に、梅ははっと目を瞠《みは》った。女房を追い出して金持ちの後妻に収まった珠緒の華々しい幸運を、吉原で知らない者はいないのだ。

そう気付いたら、胸の古傷に珠緒の名がひどく沁《し》みた。

「……おそらくきっと、私が、嫌な女だったからです」

梅は掠《かす》れた声で答えた。

直後に紀ノ川は、梅の言葉に興醒《きょうざ》めしたように、眉間に皺を寄せて激しく左右に首を振った。

「お梅さんは、嫌な女じゃあなかりんせん。嫌な女房だっただけでありんす」

紀ノ川は真面目な表情で梅の瞳を覗き込んだ。

一瞬、言葉の意味を考えてから、梅は己の胸に掌を当てた。

嫌な女房とはいい言葉だと思った。

私が嫌な女房だったとするならば、誰の女房でもない今は、昔よりもずっと良い。嫌な己の姿は、離縁と同時にあの湯島の家に放り捨ててきたことになる。

「紀ノ川花魁、ありがとう。嬉しい言葉です……」

紀ノ川は目を細めて微笑んだ。

「だけんど、龍之介は嫌な旦那のままでありんす。珠緒さんをほったらかして、前にも増してお座敷遊びにうつつを抜かしておりんす」

紀ノ川は、龍之介のことになると途端に興味がなさそうな顔をして、芋を二切れ、いっぺんに口に放り込んだ。

五

いつもより早くに仕事を終えて部屋に戻ると、アサの姿が見当たらなかった。卓袱台の上に齧りかけの握り飯が置いたままになっているので、遠くに出掛けたわけではなさそうだ。おそらく廁に出たのだろう、と思いながら、梅は散らかった部屋を手早く片付け始めた。

アサに部屋を任せておくと、半日仕事に出ているだけでやもめ男のひとり暮らしのように雑然としてしまう。女が二人で住んでいるのに、女っ気がない部屋というのも情けない話だ。

卓袱台から行李から屏風から、どれもがてんでばらばらなほうを向いているから居心が悪いのかもしれない。梅は家具をすべて床板の目に揃えて真っ直ぐに向かせた。

屏風の奥にある梅の行李の下に、小豆が三粒落ちているのに気付く。

爪を立てた指先で抓むと、数珠《じゅず》玉《だま》のように固い。一度も湯に通していない小豆だ。

牡丹餅を食べた日に、アサが物売りから買い求めたという小豆だろう。それがどうして、梅の行李の下に落ちているのだろう。

土竈《どがま》のある台所は玄関の土間と繋《つな》がっている。玄関先で買い求めたものを煮炊きするならば、わざわざ框《かまち》を上がる必要はない。草履を履いたままで済ませることができるはずだ。袋を開けて一気にざっと鍋に流し込むはずの小豆が部屋の隅っこに落ちているのは、わけがわからない。

梅は小豆の粒を掌で弄びながら、卓袱台に目を向けた。

歯型がくっきりついた齧りかけの握り飯の横に、瓦版《かわらばん》が雑に畳んで置いてあった。

瓦版は、お上からの大事な知らせを広めるという建前ながら、その実は惨《むご》い殺しの様子を事細かに書いていたり、無責任な噂話を集めていたりと、お世辞にも品の良い読み物ではない。

倒れる前のアサならば、瓦版なぞ、とんでもない暇人の読むものだ！　と嘲《あざけ》り交じりに言い捨てたに違いなかった。

梅は瓦版の見出しを流し読みしながら、眉を顰めた。

薄暗い部屋でこんなものを読んで時を潰《つぶ》している暮らしでは、心が健やかになる気晴らしがどこにもない。

近いうちにアサを浅草寺参りにでも連れ出してやったほうがいいのだろうか、と梅は瓦版を丁寧に畳み直した。直後に、良かれと思ってこんな提案をしても、きっとまたひと悶着《もんちゃく》あるに違いない、という重い気分に襲われる。

瓦版の奥に何か固いものが触れた。

細くて長い棒切れだ。棒切れだけではなく、小さな粒の鳴り合う感触も感じる。先ほど見つけた固い小豆の粒だと閃《ひらめ》いた。

梅ははっとして瓦版を広げた。小豆の粒がざっと零れ落ちる。中には倒れる前にアサが毎日使っていた、一膳《ぜん》の箸《はし》が入っていた。持ち主の右手が動かなくなってからは使われる機会を失ったはずの古びた箸だ。

「人のものに、勝手に触るんじゃないよ」

振り返ると、戸口にアサが立っていた。梅がこんなに早くに帰ってくるとは思ってもいなかった様子だ。憎まれ口を叩いているのに声に張りがなく、動揺を抑えきれない表情をしている。

「おっかさん、これ、もしかして……」

梅は震える声で、アサの箸を掲げた。

ずっとずっと昔、梅がやっと物心ついたくらいの幼い頃、卓袱台で向き合ったアサの若々しい笑顔が心の中で鮮明に浮かんだ。

幼い子供の誰もが通る道である、箸を自在に使う練習だ。

「あんたはまったく、器用な子だねえ。こりゃあきっと、良い髪結いになるよ」

梅が一心不乱に、小粒で固くて表面が滑る小豆を箸で抓んで器に移していると、アサがため息交じりで驚嘆の声を上げた。

時折、梅が小豆の粒を取り落とすと、アサは間髪容れずに力強い声を投げかけた。

「気にすることあないよ。まだまだ、できなくて当たり前なんだ。必ずできるようになるから、心配いらないさ」

梅が寺子屋での手習いのおさらいをしていたときも、髪結いの修業を始めたときも、アサはいつだって梅に背を向けて、己の仕事にばかり励んでいた。

あれほどまでに梅の指先に熱中していたアサの姿を見たのは、後にも先にもあの光景しか思い出せない。

「暇だっただけさ」

アサは決まりの悪そうな顔をして眼を逸《そ》らし、乱暴な足取りで框に上がった。

卓袱台へ向かうアサの唇が妙に赤かった。

まさかと思って目を擦る気分で凝視する。

間違いない。アサは紅を差している。

梅の脳裏に、鹿の子の着物の鮮やかなホオズキ色が浮かんだ。柄も若すぎるし身体にも合わない。そんな己が着るはずもない派手な着物を買い求めたアサの心が、痛いほどわかった。

アサはどんな身体になろうとも、若々しく華やかなものを、目が覚めるように色鮮やかなものを求めて止まない。

アサは輝かなくては生きて行けない。己の仕事に精一杯励み、皆に喜ばれなくては生きて行けないのだ。

卓袱台の前で膝を折ろうとして、アサの足元が危なっかしく揺らぐ。

梅は転がるようにアサの許《もと》へ駆け寄った。

「おっかさん、仕事を頼まれて欲しいんだ。紀ノ川花魁が〝俄〟で装う髪を、おっかさんに考え出して欲しいんだよ」

梅はアサの目の前に飛び込んで、両肩を摑《つか》んだ。

「おっかさんにしかできない仕事なんだ。いくら頭を捻っても、私じゃあさっぱり思いつかないんだ。どうか、私を助けておくれよ！」

梅は声を震わせて、勢い良く続けた。

アサは、梅の剣幕に気が引けたような顔をして眼を逸らす。

「お願いだよ、おっかさん。おっかさんじゃなきゃあ、駄目なんだ。みんなが、おっかさんの技を待っているんだよ！」

アサが気怠《けだる》げに掌を見せて梅の言葉を遮った。顔を上げる。

アサの目元は、まるで梅と胸倉を摑み合ってでもいるかのように尖っていた。梅は、負けるものかと真正面からアサを睨み返した。

「おっかさん、できないのかい？　己の仕事を忘れちまったのかい？」

臆《おく》する目元に強く力を込めて、唇を結んだ。

「できるに決まっているだろう！　あんたみたいな青二才に、甘く見てもらっちゃあ困るよ！」

アサは血走った眼を引ん剝《む》いて、とんでもなく大きな怒鳴り声を上げた。

六

暦の上で八月になったばかりの猛烈な暑さは、日が暮れても和らぐ気配はまるでない。

仲の町大通りは、道端で即興芝居を演じる幇間《たいこもち》とそれに集まった人だかりで、一歩前へ進むのも苦しいほどの大混雑だった。

　羅生門河岸《らしょうもんがし》のあたりから、祭りの太鼓と笛と鐘の音が聞こえてくる。〝俄〟は、大門から見て一番奥まったところにある、京町《きょうまち》二丁目角の九郎助稲荷《くろすけいなり》の祭りだ。境内には出店《いでみせ》が立ち囃子《はやし》が鳴っていて、ここ以上の大賑《おおにぎ》わいに違いない。

　人いきれで目が眩《くら》みそうな熱気の中を、火消しや鳶《とび》の男装をして赤提灯《ちょうちん》を掲げた芸者たちが、獅子舞《ししまい》を従えて練り歩く。甲冑《かっちゅう》姿で背中に弓矢を背負っていたり、大きな蛸《たこ》の被《かぶ》り物をして歩く客までいる。魑魅魍魎《ちみもうりょう》とはこのことかと、呆気に取られるような大騒ぎだ。

　妓楼《ぎろう》の二階からは、客や遊女が身を乗り出すようにして大通りの喧騒を眺めている。頭上から時には野次が、時には即興役者へのおひねりが飛び交う。

　梅は大事な商売道具の入った千駄櫃《せんだびつ》を背中から胸に抱え直し、人の隙間を縫うようにしてどうにかこうにか大文字屋に辿《たど》り着いた。

　紀ノ川の部屋に上がると、桃色に睡蓮《すいれん》の刺繍《ししゅう》を描いた普段よりも幼く見える着物姿のわかなが、待ち構えた笑顔で出迎えた。

　わかなの着物の色に、紀ノ川の真意はまだ見えない。

「紀ノ川花魁が、お待ちかねでありんす。もう着物を着て、あとは髪を仕上げるだけでありんす」

祭りの華やぎで気持ちが浮き立つのだろう。わかなはいつもより早口だ。そこだけ白粉《おしろい》を塗っていない耳が真っ赤に火照っていた。

金屏風の向こうから、重そうな衣擦《きぬず》れの音が聞こえた。

「お待ちしておりんした」

一呼吸を置いて、乱れた髪の紀ノ川が暗い色の着物に身を包んで現れた。

夜の暗闇の中、朧《おぼろ》げな行燈の光の下で紀ノ川の姿を見るのは初めてだ。

夜の紀ノ川は全身に気を張り巡らせていた。紀ノ川の眼差《まなざ》しには一寸の隙も気の緩みもない。昼間の寝ぼけ眼が幻のように、研ぎ澄まされた表情だった。

影だ。

梅は心の中で声に出してはっきりと呟いた。同時に小さく頷く。己の見立ては間違っていなかった。

紀ノ川の顔には影がある。彫りの深い顔立ちというわけではないのに、薄灯りに照らされると、儚《はかな》げな影がそこかしこに映る。どれほど己の美しさを鼻にかける高慢な顔つきをしてみせたとしても、紀ノ川の陰鬱《いんうつ》な影は見る者の心を切なく揺さぶる。

夜の女の持つ影は、子供の泣き顔と同じだ。心ある者ほど吸い付くように引き寄せられ、その影をどうにかして消し去ってやるまで離れられなくなる。

紀ノ川は影を身に纏《まと》って生まれてきた女だ。

「きれいな着物ですね。まさかその色を選ばれるとは思いませんでした」

梅の言葉に、紀ノ川は首から下に眼を向けた。

着物の色は艶を抑えた深い紺色だ。金銀のように輝かない代わりに、真珠のような淡い光を放つ。どこまでも暗いのに、行燈の下でさえ黒色と見間違うことがない。内側に艶を湛《たた》えた濃紺だ。

合わせた前結びの金刺繍の帯はかさが少なく、身体に沿うように小さくまとめられている。

紀ノ川は自負に満ちた表情で、両手を広げて己の着物を梅に示した。

今日この日に、敢《あ》えて地味すぎる着物を選ぶのは諸刃《もろは》の剣《つるぎ》だ。紀ノ川がそれをわかっていないはずがない。

梅が今しがた通り抜けてきた〝俄〟の街並みでは、誰もがここぞとばかりにやりすぎなくらい飾り立てていた。

派手に着飾ることで粋《いき》に装うのが難しいことは、お江戸の皆はとっくに知っている。わかっていながら祭りの日だけは特別なのもまた、江戸っ子の心意気だ。

己も周囲も馬鹿みたいだと重々わかっている恰好《かっこう》に身を包み、羽目を外して楽しんでいる夜だ。この祭りの主役ともあろう花魁が、もし当てつけのように地味な装いで現れたら、皆、一気に白けてしまう。

「髪はできんしたか？」

紀ノ川は、梅に挑むような目線を向けた。

「もちろん出来上がりました。私にお任せください」

梅は力強く言い切った。

紀ノ川を伴って鏡の前に向かう。

松葉簪、玉簪、大ぶりの鼈甲櫛、紅白絹糸の網代《あじろ》編みの紐《ひも》に金元結。

紙箱から豪奢な飾りを左右一対ずつ取り出して並べていく。一番奥に入れた木箱を開き、中から薄紙に包まれた金筋の輝くしゃぐまを取り出す。

紀ノ川が肩越しに梅の手元をちらりと見遣った。

「何も憂慮はいりません。まっすぐ前を向いていてくださいな」

梅は紀ノ川の背に掌を当てた。

「わかりました。お梅さんにお任せいたしんす」

紀ノ川は大きく息を吸って、鏡の己とじっと向かい合った。

梅は掌に鬢付け油を塗り、紀ノ川の髪に強く櫛を通してこれまでの髪の癖を取り去った。前髪を金元結で留めてから髪を大きく四つに分ける。

頭頂部の髷《まげ》と、襟足の髱《たぼ》、そして顔の左右もみあげのところに張り出す鬢《びん》だ。

髷と髱を仮留めしてから、鬢に取り掛かる。

鏡越しの紀ノ川の眼が鋭く刺さった。まさか梅が鬢に趣向を凝らすつもりだとは思っていなかったのだろう。

櫛を毛流《もうりゅう》と逆に通した。流れを乱す重い手ごたえを感じる。

紀ノ川の首筋が強張《こわば》った。

反対側のもみあげの毛にも同じように力いっぱい逆毛を立てた。

束子《たわし》のようになった逆毛の表面だけを整えて、櫛目を通す。

その櫛の流れのまま立兵庫の髷を結い上げて、襟足をすっきりまとめる。後頭部にしゃぐまを取り付けて菊結びの組紐で留めた。

鏡の中で、鬢が横に大きく張り出した髪型をした紀ノ川が、幾分戸惑った表情を浮かべていた。

張り出した鬢は、正面から見るとまるで兜《かぶと》でも被っているように大仰だ。

「まだ終わりませんよ。動いてはいけません」

梅は口を開こうとした紀ノ川を制するように、鋭い声で言った。

鬢付け油を塗りたくった指先を鬢の中に入れて、扇を開くように櫛目を薄く広げていく。元から大きかった鬢は、これまでの倍くらいの大きさに膨らんだ。

簪を打ち込んで最後の最後に、虫の頭の二本の触角を作るように、こめかみあたりから左右一筋の髪を抜き出して顎まで垂らした。

「できました。完成です」

口に出した刹那、梅は両掌をきつく握りしめた。ほっと力が抜けたはずなのに、腹の底から力が漲《みなぎ》るような気がした。

やったよ、おっかさん。

思わずそんな言葉が心に浮かんだ。

紀ノ川の張り出した鬢は、向こう側が透けるように薄い鬢だ。後ろを振り返ると、畳に映る紀ノ川の影に鬢の髪の筋が一本ずつ見て取れる。

灯籠鬢《とうろうびん》と呼ばれる髪型だ。どこまでも薄い鬢の向こうから光が透けて、まるで灯籠のように見えることからその名になったという。

張り出した鬢は真正面から見た時に顔が大きく見えるといって、吉原ではまず好まれない。しかし身体も顔も他の女よりも一回り小さい紀ノ川ならば、灯籠鬢を艶やかに装うことができるかもしれない。そう提案したのは、アサだ。

　この数日、幾度もアサの髪をこねくり回して灯籠鬢の作り方を練習した。しかしアサの顔を土台にしていることもあってか、どうにも張り出した鬢の仰々しさが抜けきらないと思った。

　散々知恵を絞った末に、左右のこめかみから二本の毛束のおくれ毛を出すことで、頬の輪郭を強調してみようと思い付いた。

　果たして梅が想像していたとおりだった。こめかみのおくれ毛のおかげで、とんでもなく派手な髪型だからこそかえって紀ノ川の顔の小ささが際立つ姿に出来上がった。

「京の香りは見事でありんす。おアサさんに、どうぞよろしくお伝えなさんまし。またお目にかかれる日を、楽しみにお待ちしておりんすと」

　紀ノ川は鏡をじっと見据えながら、口元を引き締めるように微笑んだ。

　梅は紀ノ川の背を見上げた。

　紀ノ川は、梅がひとりでこの髪型を考え出したわけではないことに気付いている。灯籠鬢が京都島原《しまばら》の流行の髪型であったことを知っているほどの紀ノ川の目を、誤魔化せるはずはなかった。

梅は結い櫛を置いて、鏡の中の紀ノ川に深く頭を下げた。

「有難いお言葉です。そう言っていただけると、母も励みになります」

力強く〝母〟と口にすると、心の中に温かいものが広がった。

「お梅さん、ありがとうござんした。いい思い出になりんす」

紀ノ川は低い声で言い切って、勢い良く立ち上がった。

七

「紀ノ川花魁がいらっしゃいました」

わかなが得意げな声で言い放つと、襖《ふすま》の向こうの喧騒がぴたりと止んだ。

紀ノ川は両袖を帯の前で合わせると、身体の隅々にまで力を漲らせるかのように背筋を伸ばしきった。直後に襟元の力を抜いて、しどけなく肩を落とす。

梅は廊下の壁に張り付いて、紀ノ川の後ろ姿を喰い入るように見つめた。

これまで、遊女たちが客の前に出る姿を見たいと思ったことはなかった。髪結いの仕事は、湯上がりの大部屋や、花魁の部屋の鏡の前にあるとばかり思い込んでいた。

しかし今日だけは祭りの喧騒に紛れて、紀ノ川が客の前に出るところがどうしても見たかった。

これでもかというくらい豪奢な宴席の場で、紀ノ川がどのように輝くのかを目に焼き付けるまでが、己の仕事だと思った。

襖が音もなく開き、薄暗い廊下に赤い提灯の光が一気に広がった。

宴席の客も芸者も遊女たちも、一斉に目を見開いてこちらを見つめていた。

誰もが、紀ノ川の姿に息を呑んで動きを止めている。

紀ノ川は深々と一礼をしてから、顎を上げて部屋を隅から隅まで見渡した。身体を傾がせた覚束《おぼつか》ない足取りで、ゆっくり時間をかけて己の身体を見せつけるように一周回る。

梅は光の中の紀ノ川を見上げた。同時に、部屋に並んだ顔に気付いてしまったと思った。

心ノ臓が冷たい手で鷲摑《わしづか》みにされたように縮こまる。脂汗が脇の下を伝った。息が浅くなり、頬に焼けるような熱を感じる。しかし直後に、負けてたまるかと思う。ここは私の仕事の場だ、と力強い言葉を心の中に叩きつける。

梅は唇を噛んで、紀ノ川の姿をなおも見つめた。

紀ノ川は美しかった。濃紺の着物は、紀ノ川の豪奢極まりない髪と見事に調和していた。紀ノ川の灯籠鬢は提灯の光を透かし、背負ったしゃぐまと同じような金色の光を放つ。こめかみのおくれ毛が、紀ノ川の艶やかな頬に揺れる影を落とす。

紀ノ川は目を伏せて、寂しげな笑みを浮かべている。しかしその唇には生きる自負が宿っている。紀ノ川の若い身体が、美しく装うことが嬉しくてたまらないと躍動している。

再び顔を客に向けたと同時に、紀ノ川は部屋の凍りついた気配を消し去るように、高慢そうに鼻を鳴らして笑った。

一瞬の沈黙の後、襖が震えるほどのどよめきが場を包んだ。

「お待たせいたしんす」

紀ノ川の不愛想なまでに慇懃《いんぎん》な挨拶《あいさつ》が耳に入ったと同時に、開けた時よりも数段乱暴な手つきでいきなり襖が閉まった。一気に目の前が真っ暗になる。

やっと己の仕事が終わった。

ひとり廊下に取り残された梅は、客のどよめきに動揺したわかなの姿を思い描き、小さく笑った。

「紀ノ川」

「紀ノ川」

「紀ノ川」

襖一枚隔てた向こう側で、男女さまざまな声が、熱の籠った調子で紀ノ川の名を発する。

梅は暗闇の中でしばらく襖を見つめて、深く息をした。

どれほど己の仕事に没頭していたと思っていても、紀ノ川の姿越しに見た宴席の光景ははっきりと脳裏にこびりついていた。本当の髪結いになるにはまだまだ修業が足りないと、苦笑いを浮かべる。

大文字屋の中でも一番奥まったところにある、最も大きな座敷だ。遊女は客の数よりも多いほど揃えられている。主人直々に出向いて酌をしていた客の風貌からすると、おそらく両替商や金貸しといった、金そのもので商売をする類《たぐい》の金持ちだ。

床の間の近くには、絵師の酒井抱一の姿もあった。

飛ぶ鳥落とす勢いの売れっ子であることに加えて、武士の出だと聞く抱一は、生活するための銭に困っているなんてことはないはずだ。それなのに場違いな汚い着物を着て、顔を猿のように赤らめて床の間に手をついていた。主人の意向を汲《く》んで、わざと世捨て人の絵描きらしく振る舞っているようにさえ思えた。

そんな刺々《とげとげ》しいまでに享楽的な空気の漂う中に、龍之介の姿があった。

左右を眩《まばゆ》いばかりに美しい遊女に囲まれているのに、さほど嬉しくもなさそうな顔をして、龍之介はそこにいた。

でも私にはもう何の関係もない人だ。

梅は己の鼻先を手の甲で擦った。

龍之介はもう、お前の夫ではない。

梅は正面を見据えて、拳を力強く握る。大きく息を吸って踵《きびす》を返した。

「お梅！　待ってくれ！」

背後から聞こえた声に、梅は目を剝いた。

転がるような足取りで梅の行く先に回り込んだのは、まさに龍之介だった。

廊下の暗がりでさえ、龍之介の額から滝のような汗があとからあとから流れ落ちているのがわかった。

見たことのない着物を着て顔つきも少し変わっていたが、菊の花をあしらった象《ぞう》牙《げ》の根付だけには見覚えがあった。

「お梅だな！　こんなところでお梅の姿を見るなんて、思ってもいなかった……」

龍之介は妙に快活な声で言って、幼馴染《おさななじ》みの朋輩《ほうばい》にするかのように梅の背に腕を回した。

梅は身体が固まりそうな心持ちになりながら、すぐに己だけがわかるほど僅かに首を左右に振った。頬を切り裂くように力を込めて、笑みを浮かべる。

「龍さん、元気そうだね……」

何とか発した声は、己自身でも聞き取るのが難しいほど掠れていた。

梅は乱暴に咳払《せきばら》いをする。強張った心が伝わるのが嫌で、それから三回空咳をした。

「ここで、何をしているんだ？」

龍之介が眉を顰めて梅の顔を覗き込んだ。龍之介の肌から酒の匂いが立ち上り、目が眩むような気がした。

梅はもう一度咳払いをして、笑った。

「何をしている……って、仕事に決まっているだろう？　私が髪結いだったことを、忘れちまったのかい？」

今度は少しだけ力のある声が出た。

「お梅が、先ほどの紀ノ川の髪を作ったのか？」

龍之介が目を丸くして大声で聞き返した。龍之介の口元には、誇らしげにさえ見える笑みが浮かんでいる。

梅の背に回した腕に力が籠る。もしやこの人は、夫婦《めおと》だった頃のように私を胸に引き寄せて抱き締めるつもりなのか？　そんな馬鹿げた懸念を抱いた己に頬が熱くなる。梅はさりげなさを装って、龍之介の腕から身をかわした。

「上手《うま》いもんだろう？　見直したかい？」

梅はおどけた仕草で胸を張ってみせた。

龍之介は、梅の瞳を喰い入るように見つめて深々と頷いた。

「見直したとも。お梅、お前はすごい腕だ」

龍之介の言葉にじっとりと重い熱を感じた。

「そうでしょう、そうでしょう。私もまったくそう思うよ」

気付かないふりをして、冗談交じりに続ける。

「お梅、お前は変わったな。眩《まぶ》しいほどに輝いて見える」

龍之介は眉毛を下げて、寂しそうに微笑んだ。

梅は咄嗟《とっさ》に龍之介と目を合わせないように、あらぬほうに身体を向けた。

「それはそうとさっ！　龍さんこそ、こんなところで何をしているんだい？　龍さんは私なんかと違って、帰りを待っている人がいるだろうに」

少しひやりとしながら、梅は笑顔で話題を変えた。

龍之介は途端に決まり悪そうな顔つきになる。

「俺の悪い癖だ」

龍之介は拗ねたように答えた。手を伸ばして梅の両手首をそっと握る。手首を流れる血潮が、龍之介の指先の温かさを感じた。

昔からこういう人だった。梅は苦い心持ちで胸の中で呟いた。

掌を握られたならば、そんなつもりはないと振り払うことができる。しかし龍之介は、幼子が小さな妹の手を引くようなぎこちない手つきで、後ろめたい様子などまったくなしに梅の手首を握る。

「お梅……」

龍之介は項垂《うなだ》れた。遠い日に、畳に額を擦り付けるようにして土下座をした龍之介の姿を思い出した。

「俺たちは、どうしてこんなことになってしまったんだろう」

龍之介の声が震えていた。酔っ払っているだけだ。梅は下唇を嚙み締めた。

「……お梅、お前が恋しい」

梅は息を呑んだ。

何をぼんやりとしているのだ。今すぐに、ふざけるな！　と怒鳴り飛ばせ。お前が私に何をしたのか忘れたのか！　と、大声で叫んでやれ。

胸の内でどれほど怒りの言葉を言い募っても、身体が動かない。龍之介に握られた手首を振りほどくことができずに、ただ黙って龍之介の瞳を見つめている。

向かい合う梅と龍之介の背後を、酔った客が通り過ぎた。

「おい、龍之介、とんだ色男だな」

客は梅と龍之介の過去を何も知らないのだろう、にやついた笑みを浮かべてすれ違いざまに龍之介の肩を突いた。

梅ははっと気付いて龍之介から離れた。

龍之介もさすがに決まり悪そうな顔で眼を逸らす。

客がその様子に口元を歪めて笑い、酒臭い息を吐きながら梅の肩に腕を回した。

「お嬢さん、こんな男に引っ掛かっちゃあいけないよ。可愛らしい顔をして、腹の大きなお内儀を置き去りにして、廓で遊び回っているような悪い男だよ」

脳天を棒で殴りつけられたような気がした。

「おい、やめろ！　あっちに行け！」

龍之介が、ぎょっとするような大声で言った。

廁に向かって立ち去る千鳥足の足音を聞きながら、梅は目の前の光景が溶けるように歪んでいくのを感じた。

「……言わなくて悪かった。珠緒は――」

「龍さん、おめでとう！　なんていい話なんだろう！」

梅は間髪容れずに叫んだ。いくら気をしっかり持とうとしても、拳から力が抜け落ちて指先がわなわなと震えた。笑みを浮かべようとする口元がだらりと下がった。

胸の奥に黒い染みが広がっていく。

その時、背後で甲高い悲鳴が聞こえた。

梅は飛び上がるように振り返った。

襖の向こうから低いどよめきが伝わる。何かが起きたに違いない。

蹴《け》り飛ばすように襖が開いて、わかなが転がり出てきた。

着物の裾《すそ》を幾度も踏んで転びそうになりながら、這うように廊下を駆け出す。梅と龍之介の横まで来たところで、二人を避《よ》けようとして足元がもつれ、廊下の板張りにしたたかに顔面を打ち付けた。

梅は慌ててわかなに駆け寄った。手を差し伸べると、わかなは怯《おび》えた顔をして梅にひしと抱き付いた。

「おねえさん、大変でありんす！　紀ノ川花魁が、大変でありんす！」

わかなは顔を歪めて大粒の涙を落とした。

第四章　銀杏《いちょう》返し

一

下谷から吉原へ向かう道をちょうど半分くらい行ったあたりに、箕輪《みのわ》と呼ばれる地がある。

吉原からほんの一里ほどなのに人通りが少なく、町並みの整った場所だ。

梅もかつては龍之介と一緒に、箕輪の別荘暮らしを楽しんだ。

皆が日々の生活から離れて束の間の休息を味わう場だ。この一帯は流れる時そのものがゆったりと感じられる。そこかしこから下手な三味線や女子供の笑い声が聞こえ、屋敷の前には畑仕事の真似ごとをして遊ぶような菜園があった。

そんな表通りに面した金持ちの別荘の陰に隠れるように、〝寮〟と呼ばれる訳ありげな建物の建ち並ぶ一角があった。

大文字屋の寮は離れ座敷のある華やかな門構えだった。だが、門を入ってすぐのところには、根元から切り倒された庭木がそのままほったらかしになっていた。

「ああ、おねえさん。いらしてくださって、嬉《うれ》しく思いんす」

出迎えたわかなが疲れた声で言った。思わず涙が零《こぼ》れ落ちそうになったように、口をへの字に曲げる。

吉原大門の中にいるときと同じく白塗りの化粧に紅を差してはいたものの、髪は〝俄《にわか》〟の前に梅が結ってやったときのままだ。どうにか己自身で手入れをしていたには違いないが、土台が傾いで顔の形までもいびつに見えた。

「紀ノ川花魁《おいらん》も、おねえさんにお会いしたらきっと喜びんす」

わかなが人目を気にするように周囲を見回してから、離れ座敷へ続く廊下を早足で進んだ。

寮の中にはわかなの他に人の気配はない。廊下の隅には大きな綿埃《わたぼこり》がいくつも転がっていた。だだっ広い寮の家事のすべてを、わかながたったひとりで任されているに違いない。いくらわかなが働き者だとしても、そんなことは無茶に決まっていた。

長い廊下の先には、縁《へり》の漆の剝《は》がれが目立つ襖《ふすま》があった。

わかなが襖の前に膝《ひざ》をつき、中にいる紀ノ川に声を掛ける――と思ったその時、いきなり襖が向こうから開いた。

襖を開いたのは紀ノ川その人だ。化粧っけのまったくない顔に、髪はねじって古びた箸《はし》を一本挿しただけの〝おばこ〟にまとめている。見覚えのある桃色の長襦袢《ながじゅばん》の腰紐《こしひも》は、乳房のすぐ下あたりで結んであった。

目を凝らしてみるまでもなく、紀ノ川の腹ははっきりと丸く膨らんでいた。

「お梅さん、お待ちしておりんした」

紀ノ川は両手を腰に当てた。

「気が付いたら、布団の上で丸太んぼうのように転がされておりんした。せっかくの灯籠鬢《とうろうびん》が台無しでありんす」

紀ノ川はおくれ毛がひどく目立つ〝おばこ〟の髪を指さして、不機嫌そうに鼻を鳴らした。長い髪の扱いに困って、己の手で見よう見まねで結い上げたのだろう。髪の量に対して箸を挿す勢いと力がまったく足りない、今にも崩れそうに頼りない結い髪だった。

「まさかお腹に子がいたとは、思いもよりませんでした……」

梅は掠《かす》れた声で呟《つぶや》いた。

紀ノ川が倒れてから数日の間、何がどうなったのかさっぱりわからない不安な時を過ごしていた。大部屋に髪結いに訪れても、誰もが妙に暗い顔で首を傾げて口を閉ざした。

やきもきする日々を重ねた後、いきなり紫乃から紀ノ川が箕輪の〝寮〟に出されたと聞かされた。

年季が明けるまで吉原大門の外へ出ることは一歩たりとも許されず、籠《かご》の鳥として生きるはずの遊女が〝寮〟で過ごすということは、そう簡単な話ではない。

遊郭の〝寮〟とは、名目上は遊女が病を治し、静養をするためにある。

だが、静養にかかる膨大な金は、すべて遊女自身が持つ。家賃や己と禿《かむろ》の生活費はもちろんのこと、その遊女が客を取ることができていたなら妓楼《ぎろう》に入るはずの揚げ代の分まで、すべて補塡《ほてん》しなくてはいけない。

そもそも最上等の遊女以外は、己の身体を休めるなんて甘えたことなどできるはずもない。いくらひどい病に冒されようとも、いよいよ身体が動かなくなるその日まで客を取らされるのが遊女の宿命だ。

寮での静養が許されるのは、金の算段ができることは大前提として、ほんの数月の間休みさえすれば身体が元通りになり、今までとまったく変わらない生活を送ることができる——つまり腹に子ができたときだけだ。

「誰にも気付かれないようにしておりんした。お梅さんが気付かないのは、当たり前でありんす」

紀ノ川は梅と眼を合わせるのを避けるように、鏡の前に向かった。

梅は恐る恐る紀ノ川の背後に立ち、鏡の中を覗《のぞ》き込んだ。

「髪型は、お任せいたしんす。わっちは、うまく頭が回りんせん」

紀ノ川の眼が鏡の中で所在なげに彷徨《さまよ》った。

「……わかりました。髪を見させていただきますね」

梅は紀ノ川の髪に挿された簪を抜いた。

紀ノ川の黒髪が勢い良く広がる。同時に長い髪がはらはらと何本も、畳の上に落ちた。

とんでもない量が抜け落ちているというのに、輝くばかりに黒々と豊かな髪の毛だ。

産前産後の女はとにかく髪が抜け落ちる。それと同時にまるで男のように太い髪が湧き上がるように生えてくる。

髪結いとしてそんな話を聞いたことは幾度もあったはずなのに。

梅は紀ノ川の波打つ髪を片側に寄せて、両肩にそっと手を置いた。紀ノ川の首筋を通る力強い血潮の響きが伝わってきた。この血潮の熱さは紀ノ川自身と腹の子、二人分だと思うと、気圧《けお》されるような心持ちになった。

「普段のお座敷と同じ、立兵庫に結いましょうか」

梅が結い櫛《ぐし》を手に取ると、紀ノ川はつまらなそうな顔で頷《うなず》いた。

櫛の歯から溢《あふ》れるほど抜け落ちる紀ノ川の髪を幾度も取り去りながら、梅は口を一文字に結んで髪を梳《す》いた。

瞳《ひとみ》に力がなくなり頭皮が緩んでしまっているとき、女の髪は土台が萎《しお》れる。結い櫛で髪の流れを力いっぱい引き上げて、どうにか整った形の立兵庫を作ることはできた。しかしこの髪は、もしかしたらほんの一晩で型が揺らいでしまうかもしれない。

元結《もっとい》を普段よりもきつめに結んで顔を上げると、紀ノ川が生気のない表情で鏡の奥底を見つめていた。

「出来上がりました」

紀ノ川の瞳に、薄ぼんやりした生気が浮かんだ。

「ありがとうござんした。やっぱりわっちの髪は、お梅さんがいなくては駄目でありんす」

親しげな言葉のはずなのに、慇懃《いんぎん》なお世辞を言っているかのように平淡な口調だ。

「それでは、わっちは少し床で休もうと思いんす。今日はわざわざ、ありがとうござんした」

紀ノ川は部屋の隅に眼を向けた。

使い古して中の綿が偏った布団が、金屛風《びょうぶ》で隠されることもなく剝《む》き出しのまま敷かれていた。

「紀ノ川花魁……」

傍らで控えていたわかなが、怖々と口を挟んだ。

「おアサさんのことは、よろしいでありんすか？」

梅は空耳を聞いたような心持ちになった。

どうしてこの場でアサの名が出てくるのだろう。

「ああ。一番大事なことを忘れておりんした」

紀ノ川は頭を重そうに揺らした。

「お梅さん、お手間を取らせて申し訳ありんせんが、できる限り早くに、この寮におアサさんをお呼びくださんまし」

「髪を結うのですか？　それは無理です」

鋭い声が出た。

身体が前のめりになって、脇の下に冷や汗が出た。

「わっちの髪を結うのは、お梅さんだけでありんす」

紀ノ川は梅の顔をしばらく見つめてから、左右に首を振った。

梅は紀ノ川の胸の内がまるで摑《つか》めない心持ちで、ぐっと喉《のど》を鳴らした。

二

「そろそろ五月《いつつき》になるかい？　隠しているのは大変だっただろう？」

アサは眉《まゆ》を下げて、布団で半身を起こした紀ノ川に近付いた。

「いちいち覚えておりんせん」

紀ノ川は不貞腐《ふてくさ》れたような表情で答えると、己の腹に眼を落とした。

「肌が乾いていると、そろそろ腹に赤い線が出る頃だよ。あいつは一度できたら手ごわいからね。きちんと油を塗っておくんだよ」

「もう手遅れでありんす」

紀ノ川は勢い良く浴衣《ゆかた》の前をはだけさせて、己の裸の腹を剥き出しにした。

梅は慌てて顔を背けた。

眼が逃げた先では、わかなが不思議そうな顔をしている。

紀ノ川の裸など、梅は幾度となく目にしてきたはずだ。しかし腹に子がいるとなれば、これまでとはまた違った気後れを感じる。

閃光《せんこう》のように脳裏を過《よぎ》った〝珠緒〟の名に、梅は息を呑《の》んだ。

忘れろ。その名は忘れろ。

己の胸に言い聞かせて、鼻から大きく息を吸った。

意を決してゆっくりと紀ノ川に眼を向ける。

紀ノ川のどこもかしこも整った身体はそのままに、腹だけが蛙のように飛び出していた。ほんの少し前に、湯上がりの裸の姿を見たときにはまったく気付かなかったが、今では誰が見ても子を宿した身体だと一目でわかる。

窪《くぼ》みがなくなって飛び出した臍《へそ》と淡い陰毛の間に、血豆のような色をした赤黒い線が数本浮き上がって見えた。

「なんだ、このくらいなら大したことないさ。今から手入れをすれば、じゅうぶん間に合うよ」

アサは妙に頼もし気な口調で言い切った。

紀ノ川はアサの言葉を聞いているのかいないのか、人差し指で己の腹の赤黒い線を辿《たど》った。

「これまで、どんなことを試してみたんだい？」

アサが足元をふらつかせながら、紀ノ川の布団の脇に座り込んだ。

梅が慌てて駆け寄ろうとする気配を察したように、アサは背中越しに左手の掌《てのひら》を広げて、大丈夫だ、と制する。

「灸《きゅう》にホオズキに水風呂《みずぶろ》に水銀。ありとあらゆることを、何でも試してみんした」

紀ノ川は開いた障子の向こうに広がる寂れた庭を見つめた。

生け垣に朝顔が伝っていたり、どこかから運んできたであろう形が良い松の木があったりと、それなりに贅《ぜい》を凝らした庭だ。なのに、夏草がきちんと刈り取られていないせいで、原っぱそのままよりも殺風景に感じられる。

「なら、今さら言うことはなさそうだ。事は早いほうがいいね。私に任せておきな」

アサはきっぱり言って大きく頷いた。

「よろしくお頼み申しんす」

紀ノ川がほっとしたような表情で、丁重に礼を言った。

直後に紀ノ川は梅に真正面から向き合った。

「お梅さん、何かわっちに話がありんすか？　先ほどから、ずいぶんと心が乱れておりんしょう」

その声の冷たさに、梅は身を強張《こわば》らせた。大文字屋の紀ノ川の部屋で髪型帳を捲《めく》り、一緒に芋を食べたあの日の光景が、まるで幻だったように思える。

「いいえ、私は何も……」

口を開いたはいいが、言葉が続かなかった。

紀ノ川は瞬きついでに横目で梅の顔を眺めてから、顔を障子の向こうに戻した。

「お梅」

頭上からアサの声が聞こえた。

「深川《ふかがわ》に行って、新しい結い櫛を貰《もら》っておいでよ。あんたの結い櫛も、そろそろ古びてくる頃だろう？」

アサは外に向かって顎《あご》をしゃくった。呑気《のんき》で力の抜けた声だ。

「……新しい櫛って、どういうことだい？」

髪結いにとって結い櫛は一生物の仕事道具だ。幾年もかけて己の手に馴染《なじ》ませて、大切に手入れをして使う。少しくらい古びたからといって、簡単に買い替えることはまずない。

「ついでに、お座敷で使う鼈甲《べっこう》の櫛を、二、三、見繕ってきておくれよ。ちゃんと名を名乗って、奥にしまいこんである上等なやつを見せてもらうんだよ。さあ、早く行った行った」

アサは左手で払うように襖を示した。

「お遣いに行けってのかい？　そんなの、今じゃなくても……」

梅が言い返したその時、アサの笑顔がひたりと無表情に変わった。

よろける足取りでこちらに近付いてきて、梅の耳元に顔を寄せる。

「あんたの仕事は何なんだい？」

アサが、どすの利いた低い声で囁《ささや》いた。

「……髪結いだよ」

梅は眉を顰《ひそ》めてアサを見上げた。

「もう一度言ってみな」

アサが口元を厳しく結んで問いかけた。

「私の仕事は髪結いだよ」

梅はアサを真正面から睨《にら》んできっぱりと言い返した。

「ならば、こんなところで油を売っている場合じゃあないだろう？　さっさと己の仕事に戻りな」

アサは梅の肩を強く叩《たた》いて背を向けた。

それからすぐに紀ノ川に向き直り、

「大丈夫。あんたは何も心配いらないさ」

と、優しい声を掛けた。

三

永代橋《えいたいばし》を渡って海辺《うみべ》の街並みに辿り着くまでの道すがら、梅は陰鬱《いんうつ》なため息を幾度も吐いた。

櫛問屋の錦屋《にしきや》は、十七のある日を境に、梅が最も足を向けたくない場所となっていた。

アサの仕事を手伝いながら、少しずつ髪結いとしての自負を身に付け始めた頃だった。

客の髪を結うことが楽しくてたまらなかった。日々少しずつできることが増えていき、少しずつ客の笑みも大きくなっていく。己の命を懸けて没頭することのできる仕事を見つけたことが幸せだった。

そんなある日に、錦屋の宗右衛門《そうえもん》が死んだという知らせが届いたのが、すべての始まりだった。

錦屋といえば、お江戸では知らない者のいない櫛問屋の大店《おおだな》だ。そんな大店の主人が死んだなんて大事な知らせが、どうして長屋暮らしの髪結いのところへ直々に届いたのか。

死んだ宗右衛門は、梅の父親だった。

アサから返ってきた答えに、目の前が真っ暗になった。

そんな重大な事実を打ち明けたときのアサの様子も、酷《ひど》いものだった。

いつもの気風《きっぷ》の良さが嘘のように、いかにも歯切れ悪そうに眉を顰めて、誤魔化し誤魔化しという顔で口ごもる。

享年七十を越えていた宗右衛門には、梅より大きな子供が六人いる。

つまりはアサと宗右衛門はお互い真っ当な職人と商売人を装いながら、人目を忍ぶ仲だったということだ。

おろおろしながら尚《なお》も話を続けようとするアサに、金輪際その話は聞きたくないと突っぱねた。

今まで幾度となく「おっとさんは、お前が小さい頃に死んだ」と聞かされていたのは何だったのだ。父のない子といじめられ、夜空の星を眺めて涙した日々はいったい何だったのだ。

早く一人前になって死んだ父親の分もアサに楽な暮らしをさせてやりたい、と思っていた己の夢に、俗世の泥を塗りたくられたような気がした。

アサが髪結いを手掛けた祝言で、花嫁の弟だった龍之介と出会ったのは、ちょうどその頃だった。

祝言の宴《うたげ》の数日後に届いた龍之介からの文を前にして、脈がおかしくなるくらい心がざわついた。

一見、姉の祝言の礼を言っているだけに見える文面の奥に、情欲の火がちらついているのがはっきりと手に取るようにわかった。

腹の底の力がなくなって、頬っぺたばかりが熱くなった。息が浅くなって、視界がぼやけた。

霜焼けで荒れた指で人の髪を結っているだけの毎日が、急に馬鹿らしくなった。

少しずつ潮の匂いが漂ってきた。錦屋の店先が近づいている。

角を曲がると、〇に〝錦〟印の藍《あい》色の前掛けをつけた番頭が、店先を掃き清めている姿が目に入った。

梅は少し歩を緩めた。

宗右衛門が己の実の父親だったと知るまでは、無邪気にアサのお遣いに向かっていた店だ。

店の者は皆、主人とアサの仲を承知していたに違いない。それなのに、店先でアサの名前を出すと、決まって選《え》りすぐりの上等な櫛や簪《かんざし》を持たせてくれた。もしも梅が錦屋の女将《おかみ》であったならば、夫が外で作った子の梅など塩を撒《ま》いて追い出す相手であるはずだ。

平然と梅をお遣いに出すアサも、何かと便宜を図ってくれる錦屋の人々も、皆揃っていったいどんな心持ちなのかさっぱりわからなかった。

臆《おく》する気持ちを、これは己の仕事だ、と言い聞かせて飲み込んだ。

意を決して番頭に声を掛けようとしたところで、番頭が暖簾《のれん》の奥を振り返った。

「お買い上げ誠にありがとう存じます。お足元にお気を付けになってくださいまし」

番頭は丁重な笑みを浮かべて頭を下げた。

暖簾が揺れた。人の爪先が敷居から覗く。

直後に、梅は跳ね上がるようにして物陰に飛び込んだ。

両掌を心ノ臓の前で強く握り締める。

「おかげで良い物が見つかった。これで妻の機嫌もしばらくは安泰だ」

龍之介の快活な声に、番頭が大袈裟《おおげさ》な笑い声を上げた。笑い声の中には女の声も混じっている。

梅は恐る恐る首を伸ばして振り返った。

龍之介が珠緒と一緒にそこにいた。

珠緒という女の顔を、梅はこれまで一度も見たことがなかった。

どんな姿の女なのだと泣き叫んで詰め寄ったときに、龍之介が「つまらない顔立ちの地味な娘だ」と答えた言葉だけを、ずっと心の拠《よ》り所にしていた。

しかし珠緒は美しかった。

物陰からでは、遠すぎて顔立ちをしっかり見分けることなぞできない。

だからこそ、心持ちの健やかさが滲《にじ》むような、底抜けに柔らかい笑顔が輝いて見えた。

珠緒の丸い頬っぺたからは、遊女であった暗い過去など微塵《みじん》も感じられなかった。

花魁として立兵庫に鼈甲の簪を挿す姿は似合わない。

町娘のように銀杏《いちょう》返しに結い上げた髪には、赤い絞りの鹿《か》の子に、淡い色の小花をあしらった簪が挿してある。

番頭のお世辞に龍之介と顔を見合わせて笑いながら、珠緒は常に掌で己の腹を優しく撫《な》で擦《さす》っていた。

珠緒の腹は、紀ノ川の倍近く大きくせり出していた。梅の目から見ても赤ん坊が生まれる日がほど近いとわかった。

珠緒が笑うたびに、周囲に桃色の靄《もや》がかかるように見えた。

その靄の中に入ると、龍之介の夜遊びで浮腫《むく》んだ顔でさえ、ずいぶん血色が良くなったように見えた。

大文字屋の廊下で、暗い声で「お前が恋しい」と言い募ったときの龍之介よりも、今ここに珠緒といる龍之介のほうがずっと良い顔をしていた。ずっと幸せそうで、ずっと長生きしそうな顔に見えた。

梅は暗がりから珠緒の腹をじっと見つめた。

嫌でも紀ノ川の子を思い出す。

生まれる前からこうやって常に笑い声を聞いて掌の温《ぬく》もりを感じて生きる子もいれば、今まさに中条流《ちゅうじょうりゅう》の医者のところで葬り去られている子もある。

梅は血の気を失って冷え切った掌を、熱く火照った額に押し当てた。

四

中条流の医者の家は、陽の当たらない裏通りにひっそりと建っていた。そのはずなのに、周囲の家に比べて一回りも二回りも立派な門構えのお屋敷だ。

身体の悪いアサと幼いわかなだけで、施術を終えた紀ノ川を寮まで運んで帰ることは難しい。アサから、数刻後に迎えに来るようにと言われていた。

梅は冠木門《かぶきもん》を潜って屋敷の敷地に入った。

庭木はすべて美しく手入れされ建物も真新しい。しかし中条流の医者の家が小綺《こぎ》麗《れい》であればあるほど、嫌でも女たちの苦しみの深さを想ってしまう。

中から話し声が聞こえた。

戸を開けると、玄関でアサが難しい顔をして両腕を組み、わかなが框《かまち》で紀ノ川に草履を履かせていた。

框の上ではアサと同じくらいの年頃の女医者が、首を捻《ひね》っている。

「他の医者に行ったって、同じだよ。これ以上やると、あんたが危ない」

女医者はばつが悪そうな顔をして、紀ノ川に向かって言った。

紀ノ川は何も聞こえていないような顔で、草履に眼を落としている。顔は紙のように白い。

「あんたの腕は信じているさ。じゃあ、何がどうなってるんだい？　そこんところを教えて欲しいんだよ」

アサが苛立《いらだ》ちを滲ませた声で訊《き》いた。

「身体が小さいんだよ。腰の骨が狭いから、私がいくら頑張っても子が下りてこない。もっと子が育つ前だったらね……」

「もう手遅れだ、って意味かい？」

「そうなるね」

女医者の言葉に、アサが顔を顰《しか》めた。

紀ノ川はふらつく足取りでわかなに手を引かれて、戸口に立ち竦《すく》む梅の横をすり抜けた。その下腹は丸く膨らんだままだ。

「紀ノ川花魁、赤ん坊はまだお腹に……？」

梅は、紀ノ川の背に向かって訊いた。

わかなが振り返って、小さく頷いた。

「お梅、ぼんやりしていないで、紀ノ川花魁の身体を支えてやっとくれ。わかなだけじゃあ心配だ」

背後から聞こえたアサの声に、慌てて紀ノ川に手を差し出す。

紀ノ川は梅の手をじっと見つめたまま、握ろうとはしない。

「紀ノ川花魁？　どうしました？」

梅が訊くと、紀ノ川は我に返ったように眼を震わせてから、梅の二の腕に指先だけでしがみ付いた。

差し出していた梅の掌は、行き場を失って虚空を掴んだ。

紀ノ川の額からは脂汗が流れ落ち、息は荒く唇は乾ききっていた。

紀ノ川の歩みは次第に重くなり、アサと梅、わかなの三人で引き摺《ず》るようにして進まなくてはいけなくなった。ついには、瞳が左右逆側にとろんと流れたかと思うと、道の真ん中で倒れ込んでしまった。

しばらくは息も絶え絶えの様子だったが、梅が近所でもらってきた湯呑みの水を一口飲んで、どうにか正気を取り戻した。

「ずいぶん酷い目に遭いんした」

着物の襟元を緩めるアサに礼を言ってから、紀ノ川は梅に苦笑いを浮かべた。

「あの女医者に殺されちまうかと思いんした」

紀ノ川は己の首を絞める真似をして、力なくおどけてみせた。

「無事でよかったです。紀ノ川花魁も、お腹の子も」

口を滑らせたと気付いて、すぐにはっと息を吞んだ。

その場が凍りついたとわかった。

「お梅、あんた……」

アサが唸《うな》るような声で呟いて、梅を睨み付けた。

「お梅さん、どうしてよかったことになりんしょう？」

紀ノ川が己の腹を真っ直ぐに指さした。

「わっちはこの子の父のことなぞ、人とも思ってなかりんす。早く元の身体に戻りたいと、そのことばかりを考えて、この世と男を恨んでおりんす」

紀ノ川は己の腹に掌をぴたりと当てた。

掌の下が、傍《はた》から見てはっきりわかるくらい揺れた。紀ノ川は腹の動きを封じようとするように、掌を微動だにさせない。

「わっちのことは、もう放っておいておくんなまし」

紀ノ川はそれっきり口を閉ざした。

五

長屋の部屋に戻った瞬間に、アサから怒鳴り飛ばされるに違いないと思っていた。

「お梅、ちょっとこっちにおいで」

卓袱台《ちゃぶだい》に左手をつきながら、アサがゆっくり腰を下ろした。

「わかってるよ。ごめんなさい」

梅は力ない声で答えて、アサの前に座った。

叱られる前から、身体の芯《しん》までしょげ返っていた。

あれから紀ノ川は、寮の離れの座敷に送り届けられるまで、一度たりとも梅と目を合わせてくれなかった。最初は困った顔で紀ノ川と梅の顔を交互に窺《うかが》っていたわかなが、途中から腹を括《くく》ったように梅に他人行儀な態度を取り始めたことも心に応《こた》えた。

卓袱台の前に腰掛けたアサが、忘れ物に気付いたように部屋に眼を巡らせた。

煙草を探している。

気付いた梅は、すぐに行李《こうり》の脇に片付けてあった煙管《キセル》に煙草の葉を詰めて戻った。

「ありがとうよ」

アサは嗄《しわが》れた声で答えると、煙管を唇に挟んで目一杯煙を喫《す》い込んだ。顔中を梅干しのように皺《しわ》くちゃにして喫って、両方の鼻の穴から勢い良く煙を吐き出す。

「今日のあんたは、まずかったね」

アサは己の口からたなびく煙を目で追いながら、ぶっきらぼうに呟いた。

梅は黙って頷いた。

「今日、中条の医者ですんなりと子が下りれば、紀ノ川はほんの数日休むだけでお座敷に戻ることができた。だけど、あの医者はもう産むしかないって言うんだ。紀ノ川がこれからどうなるか、あんたにわかるかい？」

アサの口調はどこまでも穏やかだった。

梅は肩を落として左右に首を振った。

「これから赤ん坊を産むまでの間、紀ノ川の借金はうなぎ上りに増えていく。紀ノ川はこれから一生、死ぬまで年季が明ける日は来ないだろうね」

梅は眉を顰めた。

「生まれた赤ん坊はどうなるんだい？」

「男の子なら里子に出し、女の子なら吉原大門の中で育てて禿にするんだ。どちらにしても、おっかさんに背負われてのんびり過ごす、なんてわけにはいかない」

アサは口をつぼめて、勢い良く煙を吐いた。

「何にも幸せなことはないよ。誰も幸せになれやしない。あんたにそのことを教えておかなかった私が悪かったね」

アサは煙管を卓袱台の上に置いてから、もう一度手に取り直して喫った。

「……本当に、誰も幸せになれないのかい？」

アサは何も答えずに、しばらく沈黙していた。

「お梅、私は、あんたに話していなかったことがあるんだ」

ずいぶん経ってから、アサは落ち着いた口調で言った。

「いきなり、何の話だい？」

梅は訝《いぶか》しい気持ちで尋ねた。

「私はお女郎だったんだ。京都島原のお女郎だった母親から生まれて、妓楼の中で育った。十二の頃から客を取って暮らしていたんだ」

アサは天井に向けてゆっくりと煙を吐いた。

「嘘だろう？　おっかさんは、お江戸の髪結いの娘として生まれて、ちっちゃな頃から見よう見まねで人様の髪を結っていたって……」

梅は目を剝いて身を乗り出した。

「そんなの、口から出まかせだよ。子供だったあんたに、本当のことを言えるわけがないだろう」

アサは煙管を口元に運びかけてから、迷ったように手を止めた。

「……おっかさんは、どうしてお女郎から髪結いになったんだい？」

梅は掠れた声で訊いた。

「宗右衛門のおかげさ。あの人が、私を妾《めかけ》としてお江戸に身請けしてくれたのさ」

アサは、ほんの僅《わず》かに口元を緩めて〝宗右衛門〟という名を口に出した。

品物の仕入れのために京を訪れた宗右衛門は、夜に島原に出向いた際に、遊女だったアサと出会った。

男として若く美しいアサに心惹《ひ》かれるものがあったには違いない。しかし同時に宗右衛門は、生まれてから一度も遊郭の外の世界を知らないアサの身の上に、心底同情した。

親に売られた年季があるわけでもなく、ただ遊郭よりほかにどこにも行く場所がないだけのアサを身請けするのは容易だった。

宗右衛門に連れられて江戸にやってきたアサは、永代橋を渡った霊岸島《れいがんじま》に小さな屋敷を与えられて、妾として何不自由ない暮らしを約束された。

　これまでずっと遊郭の中だけで生きてきたアサにとって、すべては新しく面白く、女中の仕事を横から奪うようにして料理や家事にも取り組んだ。

　読み書き算盤《そろばん》を一からやり直してくれる師匠を付けてもらって、生まれた時から使っていた廓《くるわ》言葉もきれいさっぱり抜いた。

　中でもアサが抜群に没頭したのは、髪を結うことだった。

　最初は鏡を見ながら、己の長い髪を町娘のような丸っこい形に結い上げて喜んでいた。次第に女中たちの髪結いも請け負うようになり、宗右衛門に職人が使うような結い櫛をねだった。

　ついには宗右衛門の口利きで、錦屋に出入りしていた腕の良い髪結いのところへ弟子入りをすることになった。

　そこからは、屋敷にじっとしている日は一日たりともなかった。髪結いの親方のところへどこまでもついていって、目で見て技を学んだ。

　宗右衛門が夜にアサに会いに訪れても、日中の疲れのせいで高鼾《たかいびき》で眠り込んでいる始末だ。そんなアサのことを宗右衛門は目を細めて可愛がり、アサが己の道を邁《まい》進《しん》していることを喜んだ。

「あんたが腹にできたとき、最初は、育てられやしないと思ったさ。私には仕事があったんだ。何より楽しい髪結いの仕事がね」

アサが身ごもったのと、錦屋の商売が傾き始めたのは同じ頃だった。悪いことは重なり、錦屋を切り盛りしていた宗右衛門の本妻が不治の病に倒れた。

宗右衛門はどうにかして錦屋を立て直すために、商売をどんどん小さくまとめ始めた。さらに長年連れ添った老妻が限りある命と聞かされて、宗右衛門の身体もどんどん窶《やつ》れて小さくなっていった。

「もうじゅうぶんさ。じゅうぶん良くしてもらったと思ったよ。こんなお屋敷は売っ払って金に換えな、って言ったんだ。手切れ金もびた一文貰わなかった。あんたなんてもういらないさ、ってね」

アサは卓袱台の上で拳《こぶし》を握った。

「ただその代わり、私の子には一生涯会わせてやらない、って約束をしたんだ。この子は私が産んで私が育てる、私だけの大事な子だよ。だから、あんたになんて決して会わせてやらないよってね」

アサは鼻の先を親指で強く擦《こす》った。

「おっかさん、どうしてそんな憎まれ口を利いたんだい？」

梅の脳裏に、幼い頃から幾度もお遣いに出掛けた錦屋の店先が浮かんだ。

梅が訪れると、錦屋の奥の間には決まって人影があった。人影は低い声で二言三言、使用人に指示を出すと、店先に顔を見せることなくすぐに消えてしまう。

たくさんまけてもらった上等な品物を抱えて帰り道を歩きながら、ひょっとするとアサは錦屋の誰かの弱味でも握っているのではないかと、怪訝《けげん》な心持ちになったのを思い出す。

「これから古女房の枕元で、毎日大事に面倒を見てやるってんだよ。あいつの死に水を取ってやるのは俺しかいない、なんてめそめそ泣いてやがる。こっちにだって意地ってもんがあるんだよ」

アサは卓袱台の上に音を立てて煙管を置いた。

「おっかさんは、宗右衛門……私のおっとさんのことを、ちゃんと好いていたんだね？　島原から連れ出してくれて、髪結いの仕事を教えてくれたおっとさんのために、きっぱり身を引いたんだね？」

梅は卓袱台の上のアサの動かない右手に向かって、手を伸ばした。

「気色悪い言い方をしないでおくれよ。そんな洒落《しゃれ》たもんじゃあないよ」

アサは右腕を素早く己の側に引いて、梅の手からするりと逃げ出した。

六

この数日、急に秋の訪れを感じる冷たく乾いた風が吹き始めた。

大部屋の遊女たちの中にも、襦袢の上からもう一枚肩掛けを羽織っている者もいる。

いつもなら大部屋の誰よりも先に髪を結う決まりになっている紫乃の姿が、どこにも見当たらなかった。

もしやこのところの冷え込みで身体を壊しでもしたかと案じていたところで、思いがけない顔に声を掛けられた。

「髪結いのおねえさん。紫乃花魁がお呼びでありんす」

振り返ると襖の隙間から、わかなの強張った顔が覗いていた。

わかなの姿は、箕輪の寮で見たときが嘘のように、艶《あで》やかに磨き直されていた。

しかし赤い着物に負けてしまう淡い黄色の帯を合わせていて、かつて大文字屋の中で紀ノ川に仕えていたときよりもどこか野暮ったく見える。

「わかなさん、どうしてここに？　紀ノ川花魁は？」

廊下に出てすぐに梅が囁くと、わかなは縋《すが》るような目を向けた。

「大文字屋の主人は、紀ノ川花魁を売りんした。子を産む遊女なぞに大文字屋の花魁は務まらぬ、と。産後の床上げを終えたら、浄念河岸《じょうねんがし》に送りんす」

浄念河岸と聞いて、背筋が冷たくなった。

吉原の西の端にある浄念河岸は、大年増や病気持ちなど最下層の遊女が送り込まれる見世が集まる。

浄念河岸の見世では、仲の町大通りに面した大文字屋とは比べ物にならない劣悪な扱いを受ける。送り込まれた遊女のほとんどが、三年生き永らえることは難しいと言われている場所だ。

「わっちも吉原に連れ戻されて、紫乃ねえさんの禿になりんした。今、紀ノ川花魁はひとりきりで寮におりんす」

わかなが目を真っ赤にして言った。

「お雪ちゃんは？」

梅の質問に、わかなが眉を顰めて首を傾げた。

「仔猫《こねこ》のお雪ちゃんはどこにいますか？」

わかなの心を静めるように、低く落ち着いた声で訊いた。

「……紫乃ねえさんは、猫が苦手でありんす。部屋を移ってすぐに狆《ちん》を飼って、猫をみんな追っ払ってしまいんした」

わかなは力なく項垂《うなだ》れた。

そしてふと、梅の言葉の意味に気付いたような顔をした。

つい先ほどの己の暗い言葉を振り払うように、幾度も左右に首を振る。

「でもお雪は、ひとりで鼠も獲《と》れないちっこい仔猫でありんす。きっとまだこのあたりで、誰かにお愛想をして餌を貰っているはずでありんす」

わかなは前のめりになると、梅に向かって祈るように両手を合わせた。

「わかりました。紀ノ川花魁のことは私にお任せください。わかなさんは、何も心配いりませんよ」

梅は力強い声で微笑んで、わかなの小さな背中にそっと掌を当てた。

七

寮の戸には鍵《かぎ》がかかっていなかった。

造りだけは派手なのに立て付けの悪い戸を、梅は力いっぱい引いた。

大きな音が響き、天井から漆喰《しっくい》の細かい欠片《かけら》が数粒落ちた。

「ごめんくださいな。髪結いが参りました！」

埃だらけの薄暗い廊下に向かって、腹の底から明るい声を放つ。

開いた戸口に向かって黴《かび》臭い生暖かい風が流れ出してくる。こんな屋敷の中で、明るく振る舞うのは大仕事だ。

梅は歯を剥き出しにしてとんでもなく大仰な笑顔を作ってから、顎を天井に向けて胸を張った。

離れにまで聞こえるほどの大声を出したつもりだったが、寮は静まり返っている。

梅は勝手に草履を脱ぎ捨てて、框に上がった。

真っ昼間だというのに、今にも幽霊が出てきそうな陰気な屋敷だ。廊下を通るだけで床がみしみしと鳴る。一度わかなに案内してもらったはずなのに、離れに辿り着くまでに二回ほど道を間違えた。

襖の前で息を整える。

紀ノ川の名を呼ぼうとしたその時、胸元に抱いた仔猫の雪が、「にゃあ」と鳴いた。

大文字屋の裏手で漆の椀《わん》に魚の身をほぐした餌を置き、物陰に潜んで雪をおびき寄せた。

わけもわからずに暖かい部屋から追い出された雪は、ひどく腹を空《す》かせていたのだろう。罠《わな》にかかるのはあっという間だった。

雪は梅の腕の中で二、三度大きく藻掻《もが》くと、涼しい顔で床に下り立った。

雪が襖を引っ掻いた。

ほんの僅かに開いている隙間に必死で前脚を突っ込んで、身体中の力を使ってどうにかして襖を開こうと苦心している。

己の力ではどうしても襖は開かないと気付いた雪は、怒りを込めた甘い声で「にゃあ、にゃあ」と鳴き募った。

「お雪やお雪、うちはここにおるよ。あんたはほんまに、せっかちな子やなあ」

ひび割れた寝起きの声で、紀ノ川が襖を開いた。

紀ノ川の頬は窶れ果て、顔色は土気色だ。病人のように目元が黒ずんでいた。適当に〝おばこ〟に結った髪は、半分以上がおくれ毛になって垂れ下がり、浮世絵の幽霊よりも凄惨《せいさん》な空気を醸し出す。唇は荒れ切って皮が剝け、ところどころに血が滲んでいた。

紀ノ川は一回り大きくなった雪を、よいしょ、の掛け声と共に抱き上げて、毛並みに頰擦りをした。紀ノ川の目に薄《うっす》らと涙が浮かんでいた。

「あんたにまた会えるなんて、夢みたいやなあ」

雪は主人の変貌《へんぼう》に微塵も気付いていない顔をして、紀ノ川に頰を寄せて幸せそうに目を細めた。

「お梅さん、お雪をありがとうござんした」

紀ノ川は雪を抱いたまま、深々と頭を下げた。

「見ての通りの体たらくでありんす。もうお梅さんに髪を結ってもらう金もありんせん。お目にかかるのもこれが最後となりんす。今までほんとうに、お世話になりんした」

紀ノ川のおくれ毛がまた一束うなじから落ちた。

顔を上げた紀ノ川は能面のように表情を失った顔をしていた。

身の回りの世話をするわかながいなくなってからは、日がな一日床に伏せってばかりの日々を送っているのだろう。水蜜桃《すいみつとう》のようだった頰には寝皺が寄り、睫毛《まつげ》は目脂《めやに》で汚れている。かなり痩《や》せたためか首は骨ばって、浴衣から覗く鎖骨も鋭く尖《とが》って見えた。

疲れ切った身体の中で、乳房の真下で結んだ腰紐から下の腹だけが、はち切れんばかりの生気を宿して膨らんでいた。

「部屋に入っても良いですか？」

梅は紀ノ川の返事を待たずに、強引に部屋に身体を捻《ね》じ込んだ。

紀ノ川はもの言いたげに梅の姿を目で追ったが、文句を言う気力もない様子で壁に身体をもたせかけた。

部屋の中は、思ったとおりごみ溜《た》めだ。

梅は眉を下げて微笑んだ。

蝉の抜け殻のように脱いだままの形で放り出してある着物を、床から勢い良く取り上げる。

「そのままにしておいておくりんす。お梅さんに掃除をさせるわけには……」

覚束《おぼつか》ない足取りで追いかけてきた紀ノ川の足元に向かって、次々に着物を放り投げる。

紀ノ川の足元にはあっという間に脱ぎ捨てた着物の山ができた。

「私がやってあげるだなんて、一言も言っていませんよ。今から畳み方を教えるので、紀ノ川花魁が己の手でやるのです」

きょとんとした表情の紀ノ川の両手を取って、転ばないようにゆっくりとその場に座らせる。

襦袢に羽織、振り袖《そで》とそれぞれ仕分けして、一つ一つの畳み方を紀ノ川の目の前でやってみせた。

紀ノ川の、どうして己がそんなことをしなくてはいけないのだ、という困惑した表情は可笑《おか》しかった。ぎこちない手つきで襦袢を指先で抓《つま》む紀ノ川を見ていたら、私がしっかり教えてやらなくてはいけない、と、ぐんぐん力が湧いた。

同じところを幾度もやってみせたり、二人羽織のように背後から手を取ってやったりと、懇切丁寧に面倒を見ながら、長い手間をかけてどうにかこうにか着物の山を片付けた。

「やれやれ、やっと終わりましたね」

同じ形に畳んだ着物がずらりと並んでいる光景は、気持ちがすっと晴れる。

紀ノ川も梅と同じ心持ちになっているようだった。肩を回しながら大きくため息をつく表情は、先ほどとは打って変わって若返って見えた。

「それでは、鏡の前にいらしてください」

梅の言葉に、紀ノ川はきっぱり左右に首を振った。

「金がなかりんす。職人さんに髪を結っていただくわけにはございんせん」

梅はにやっと笑って、大きく左右に首を振った。

「私が結うのではありません。紀ノ川花魁が、己の手でやるのです」

紀ノ川が呆気《あっけ》に取られた表情で口を開けた。

「無理でありんす。わっちは、生まれてから一度も、髪を結ったことがありんせん」

「知っています。だから、練習するのです」

梅は紀ノ川の〝おばこ〟の髪の簪を抜くと、横に並んで腰掛けて鏡を覗き込んだ。

大きく息を吸って、己の髪の元結を解《ほど》く。鏡に、髪を下ろした姿の二人の女が映った。

まるで路地裏で一緒に遊んでいる幼い少女たちのような下ろし髪なのに、顔のつくりは至って年相応だ。ここまで生きるのに、お互い散々な目に遭ってきたのだから当たり前だ。

懐の巾着《きんちゃく》袋から、二本の結い櫛を取り出した。

「どうぞ。私の真似をして髪を梳いてみてください」

紀ノ川に結い櫛を一本渡して、己の髪を梳いてみせる。

鏡の中の己の顔を睨み付けるようにして、吐く息に合わせて力を込めて髪を梳く。

「それでは力が足りません。手首を使うのではなく、身体の重みを結い櫛に宿して、髪に流れを作るのです」

梅にぴしゃりと叱られて、紀ノ川は戸惑った様子で鏡の中と己の手の中の櫛を交互に見遣《みや》った。

「女たるもの、己の髪も結えなくて、どうするのですか？　もっともっと美しくなりたいとは、思わないのですか？」

梅は鏡の中の紀ノ川に向かって、鋭い言葉を放った。

「……もうお座敷に出ることはありんせん。子を産み落としたら、浄念河岸で鉄漿《おはぐろ》溝《どぶ》を眺めながら、毎晩流しの客を取らされて死ぬのを待つだけでありんす」

紀ノ川は俯《うつむ》いた。

分厚く腫《は》れた荒れた唇がへの字を描く。

「今は、どうしているのですか？　今、紀ノ川花魁は大門を出て、箕輪の寮で町娘と同じ自由の身として生きているではないですか」

梅は大声で言い返した。

紀ノ川が梅の大声に目をしばたたかせた。

「せっかくのこの時に、汚い身なりをして己の身を嘆くなんて、勿体《もったい》ない話はありません。先が見えないならば、心と身体を少しでも健やかに保ちましょう。そして、目の前の一日を少しでも笑って過ごしましょう！」

「がみがみ大声を出さないでおくんなまし！」

鏡を睨んだ紀ノ川が、梅が目を疑うほどの剣幕で割って入った。

「お梅さんに、わっちの人生の指南をされる覚えはありんせん。髪の結い方だけ、きっちり教えておくりんす」

紀ノ川は尖った小鼻を上に向けて、鏡の中の梅に流し目を向けた。

「わっちは、ずぶの〝素人〟でありんす。何よりも先に、結い櫛の持ち方から、教えてもらわなくてはわかりんせん」

紀ノ川は開いた掌の上に結い櫛を載せると、梅の前に突き出した。

荒れて血が滲んだ唇が、不敵な笑みを浮かべている。落ち窪んだ目元の黒目がちな瞳は、寸分違《たが》わずはっきりと梅の瞳に焦点を結んでいた。

「確かにその通りですね。うっかりしていました。まずは結い櫛の持ち方から教えましょう」

梅は結い櫛ごと紀ノ川の掌を握り、力強く頷いた。

八

鏡に映った己の姿を前に、紀ノ川は両手で頬を押さえて苦笑いを浮かべた。

「わっちには、妓楼の水が染み付いておりんす。いくらお嬢さんの髪を真似ても、顔かたちが女狐では、何とも珍妙でありんす」

毒口を叩いているのに、紀ノ川の頬は真っ赤に火照っていた。

紀ノ川の言葉に反して、幾度も失敗した末に己自身で結い上げた銀杏返しの髪は、しっくりと馴染んでいた。

「とてもおきれいですよ。それに、紀ノ川花魁は飲み込みが早く筋が良いです。あと十日もしないうちに、銀杏返しくらい、朝のほんの数秒で結い上げることができますよ」

梅は紀ノ川のうなじのおくれ毛を、鬢付け油を塗った指で押さえた。

銀杏返しは、町娘が己自身で髪を結うときに最もよく使われる髪型だ。

潰《つぶ》しと呼ばれる島田《しまだ》髷《まげ》を使った髪は、髷を作るときに力いっぱい後ろに向かって引っ張らなくてはいけない。潰しを己自身で結い上げることができるようになるには、かなり手先が器用でなくては難しい。

　それに比べて銀杏返しは、馬の尻尾《しっぽ》のように一つにまとめた髪を前に倒し、蝶《ちょう》結びのように二つの輪っかを作って頭頂部に留めるだけで済む。使うのはたった一本の元結だけだ。

「元結を留めるときは、鉢巻のように一気に締める。お梅さんの言葉を、頭に叩き込みんした」

　紀ノ川は顔を左右に向けて、真剣な表情で鏡に映る己の髪を睨んだ。

　梅は笑みを浮かべて深く頷いた。

　紀ノ川に髪を結う手順を教えるのは楽しかった。

　最初は己の髪に触ることさえおっかなびっくりという様子だった紀ノ川だが、梅の言葉通りに手を動かしていくうちに、どんどん背筋がまっすぐに伸びていった。

　紀ノ川が一息に髪に櫛目を通すと、黒々とした長い髪がごっそり抜ける。紀ノ川はその光景に気付いていないはずはないのに、肝を冷やす様子は微塵も見て取れない。ちり紙で手早く櫛に付いた髪を取り去り、何事もなかったように、決して手の力を緩めることはない。

　ただ喰《く》い入るように鏡を見つめながら結い櫛を握り締め、一心不乱に滑らかな櫛目を描き続ける。

根っことなる元結を留める際も、最初の数回はうまくできずに、髪の束がすべて解けてしまった。しかし途中で梅が一言「額に鉢巻を締めるように、気合いを入れて！」と声を掛けたその時から、あっさりとコツを摑んだ。

奥歯を嚙《か》み締めて鼻息を吐きながら、一気に元結を締め上げる。

紀ノ川の口は一文字に固く結ばれて、瞳は鏡の中の己だけを見据えていた。

「ちょっとお梅さん、ちょっと変でありんす。見ておくんなまし」

紀ノ川が己の膨れ上がった腹を困った顔で見下ろした。

首を傾げて近づいた梅の手首を取って、掌を己の腹に押し当てる。

梅の掌に、紀ノ川の腹の中にいる赤ん坊の跳ねるような動きが伝わってきた。

「今日も、赤ん坊が元気いっぱいに動いていますね。何も変なことはありませんよ」

子を腹に宿したことがなくとも、この動きが輝かしい命の始まりに繫《つな》がっていることはひしひしと伝わってきた。

自《おの》ずと口元が綻《ほころ》ぶ。

紀ノ川は、不思議そうな表情で梅の顔を見つめた。

「どうしました？　ずいぶん前から、こうして動いていたでしょう？」

中条の医者からの帰り道のときも、紀ノ川の腹の赤ん坊は傍目にもはっきりわかるくらい動いていた。紀ノ川もそんな赤ん坊の動きに合わせて、冷淡な仕草で掌を当てていたではないか。

紀ノ川は梅の言葉の意味をよくよく考えている顔で、眉間《みけん》に皺を寄せた。直後に、紀ノ川の目が真っ赤に潤んだ。

「ここのところ、嫌になるくらい腹が鳴ると思っておりんした」

紀ノ川は肩を揺らして笑った。

「ずうっと赤ん坊が動いていたなんて、今初めて知りんした」

紀ノ川は口を開いて笑いながら、両手で顔を覆って泣き崩れた。

「いつまでも気付かなくて、あんたには、申し訳ないことをしんしたなあ」

紀ノ川は幾度も深く頭を下げながら、身体を丸めるようにして両掌を腹の上に置いた。

皺だらけの長襦袢の腹に、涙の粒が音を立てて落ちた。

梅は紀ノ川の正面に回り込むと、俯《うず》く身体を抱き締めた。

背に両腕を回し、うなじに顔を埋めた。梅の腹に、紀ノ川のせり出した腹が押し当てられた。

紀ノ川の腹の中の赤ん坊が動くと、その力強い動きは梅の背骨にまで勢い良く伝わった。

「お梅さん、わっちはこの子と一緒に、どっか山奥の村へ逃げしんす」

耳元で囁かれて、梅は思わずぎょっとして紀ノ川の横顔に目を向けた。

「わっちは、死んだことにしておくりんす。浄閑寺の投げ込み穴から、わっちにそっくりな死体を拾ってきておくんなまし。ちょっと腐らせて青くして筵《むしろ》に包んで見せれば、きっと誤魔化せるはずでありんす」

悪い冗談の声色でありながら、どこかに本気が滲んでいるような口調だ。

紀ノ川の横顔の口元には、大文字屋にいた頃のように悠然とした笑みが浮かんでいる。

「……紀ノ川花魁。それは……」

どこまで本気なのだ、と訊こうとして、すぐに口を噤《つぐ》んだ。

恋する情夫の子を宿し、紀ノ川と同じ夢を抱いた遊女は、これまでにいくらでもいたはずだ。

紀ノ川を浄念河岸に売り飛ばしたばかりの大文字屋の主人が、偽者の死体で騙《だま》されるはずがない。

事が露見して、梅が紀ノ川を逃がすために口裏合わせをしたことがわかったら、梅だってただでは済まされない。吉原での髪結いの仕事を失うだけで片付く話ではないだろう。

「どこかの百姓の家で、納屋を借りて畑仕事を手伝わせてもらいんす。わっちは、畑仕事は得意でありんす。母が死んでからは、わっちが一人で畑仕事をして、五人兄弟を喰わせておりんした」

紀ノ川は歌うような口調で呟いた。

「父親に売り飛ばされる前に、わっちが己自身で人買いと話をつけんした。己を売った銭を弟たちに分けて、お雪は母の妹に面倒を頼みんした」

紀ノ川はふっと息を抜いて笑った。

「父親は、蛸《たこ》のように真っ赤な顔で怒り狂っておりんした。よほど、わっちを高く売りつける算段をしていたんでありんしょう。実の親を見殺しにするのか！　って散々なじられんした。あの様子じゃあ、きっとまずいところに金を借りていたはずでありんす。あれからどうなったことやら」

紀ノ川は、鼻先に皺を寄せてくつくつと笑った。紀ノ川の鼻先の涙の粒が、梅の首元に落ちた。

「ろくな人生じゃなかりんせん」

紀ノ川は吐き捨てるように言い切って、梅からゆっくり身体を離した。

両掌で己の腹を幾度も、幾度も、撫でる。

「あんたも、これから面倒かけるなあ」

紀ノ川が西の訛《なまり》で呟くと、部屋の隅で寝ていた雪が目を見開いた。

尻尾を立てて音もなく紀ノ川の横へ近づくと、ぴたりと身を寄せる。

「お梅さん、わっちは本気でありんす。本気で、この子と二人でどこかへ逃げるつもりでありんす」

紀ノ川は梅から眼を逸《そ》らすと、雪の頭を撫でて「もちろん、あんたも一緒やで」と付け加えた。

九

もう赤ん坊を産む以外に道がないと知ると、アサはきっぱりと腹を括った。

うまく動かない身体を揺らしながら、毎日のように箕輪へ向かい、煮炊きを手伝ったり話し相手になったりして紀ノ川と過ごした。

アサに身の回りの世話係としての腕はさほど期待できないが、人の心を和ませることは本職だ。

仕事を終えた梅が箕輪を訪れると、荒れ果てた庭の奥から、紀ノ川とアサの笑い声が聞こえることもあった。

取り上げ婆《ばば》は、アサが梅を産むときに世話になった人を呼ぶと決めた。

下谷一帯をひとりで切り盛りしている、このあたりでは誰もが世話になった取り上げ婆だ。

おそらく齢《よわい》は八十をゆうに越えている妖怪《ようかい》のような老人だが、腕は確かで見立ては常に的確だとアサも太鼓判を押していた。

先のことは何もわからない。

梅は常に心の中にそんな言葉を叩きつけるようになった。

吉原で働きながら、紀ノ川への心ない噂話を耳にすることもあった。そんなときは空に暗雲が立ち込めるように心持ちが暗くなる。

絶望に襲われそうになったら、紀ノ川が山奥の村で赤ん坊を背負って畑仕事をしている姿を思い描いた。

その日の心持ちによっては、決して叶《かな》うはずのない悲しい夢に思えて涙ぐんだりもすれば、ひょっとしたらどこかにそんなことができる方法があるかもしれないなど前向きになったりもする。

しかし、銀杏返しで赤ん坊と微笑む紀ノ川の姿を繰り返し胸に描くことで、最初はぼんやりしていた光景に彩りが生まれ、細部が描き込まれる。

こうやって幾度も幾度も想っていれば、梅の空想の中の風景が、本当に現実を引きつけてくれるような気がした。

「いやに細っこいじゃあないか。もっと動くんだよ。屋敷じゅう、隅から隅まで拭《ふ》き掃除をして、足腰を鍛えなくっちゃあいけないよ」

離れにやってきた取り上げ婆は、紀ノ川の小さな身体を一目見た刹那《せつな》にそう言った。

「わかりんした。拭き掃除のやり方を、一からお梅さんに教えてもらいんす」

寮に来た頃から比べて倍ぐらいに大きな腹をした紀ノ川が、梅に向かって含み笑いを浮かべた。

「お任せください。御殿の奥女中を務めることができるくらい、懇切丁寧にお教えしますよ」

梅の言葉に、紀ノ川は腹を揺らして笑った。

「立ってごらん」

取り上げ婆に言われて、紀ノ川はよろつきながら立ち上がる。

部屋の中はまだまだ少々雑なところがありながらも、前とは見違えるくらい整頓《せいとん》されていた。

煮炊きのやり方も、日中訪れるアサに教えて貰っているようだ。二人で古い着物を解き直して、大きな針目で赤ん坊の産着を作ったりもしている。

銀杏返しも、すっかりひとりで結えるようになった。

今、紀ノ川の足元が危なっかしいのは、腹の子供がとんでもなく大きくなっているからだ。

身体を左右に大きく揺らしながら、剽軽《ひょうきん》にさえ見える足取りで布団を踏みしめる紀ノ川の姿は、見る者を幸せにする温かさに満ちていた。

取り上げ婆は、無遠慮に紀ノ川の襦袢の裾《すそ》を捲《まく》り上げ、しばらく腹に掌や耳を押し当てて真剣に診ていた。

最初はくすぐったそうな表情を浮かべていた紀ノ川の顔から、ある時を境に笑みが消えた。

いくら何でも、身体を診る時が長すぎる。取り上げ婆の手順を見ていても、いつまでもいつまでも執拗《しつよう》に同じ動きを繰り返しているだけだ。

紀ノ川が口角を下げたまま笑みを浮かべた。

取り上げ婆はもう何度目かに首を傾げた。眉間の皺が深くなる。

「あんた、お産は諦《あきら》めな」

紀ノ川から身体を離したと同時に、取り上げ婆は低い声で断言した。

紀ノ川は怪訝そうな表情で、尚も弱々しい笑みを浮かべた。

「どういう意味ですか？　中条の医者には、もう産むしかないと言われているんです。今さら子を下ろすなんてことは、決してできません」

梅は思わず気色ばんで、取り上げ婆に詰め寄った。

「中条さんも、人が悪いよ。ちゃんと最後まで教えてくれればいいものをね」

取り上げ婆は梅と紀ノ川に順に眼を向けてから、両腕を前で組んだ。

「私に任せておきな。あんたの命だけは、何とかしてやるから」

取り上げ婆がきっぱりと言い切った。

「紀ノ川花魁の命だけは……って、赤ん坊は……」

梅が狼狽《ろうばい》し切った口調で問いかけると、取り上げ婆は有無を言わせない力強い仕草で左右に首を振った。

「赤ん坊を産むには、身体が小さすぎる。中条さんでも言われたはずだよ？」

紀ノ川は長襦袢の前をはだけて裸の身体を晒《さら》したまま、畳の目をじっと見つめていた。

「それじゃあ、赤ん坊はどうなるのですか？」

「そんなことを私に言わせようってのかい？　お梅、あんたは少しばかり礼儀知らずだよ。取り上げてやった恩を忘れたかい？」

取り上げ婆は、言葉の強さに反して淡々とした口調で言った。

「そんな……」

梅は目を見開いた。

何かの間違いに違いない。この取り上げ婆の言っていることがおかしいのだ。そうだ、金持ちが通うような医者のところに行けば、きっと、きっと、何とかしてくれるはずだ。

取り上げ婆は梅の心の中を見透かしたように、もう一度念押しするように左右に首を振った。

「おかあさん、大事なことを教えてくれてありがとうござんした」

紀ノ川が沈黙を切り裂くように力の漲《みなぎ》った声を放った。

取り上げ婆に向かって、小首を傾げて笑みを浮かべる。

「これで腹が決まりんした」

紀ノ川は背筋を鋭く伸ばしてからすぐに力を抜いた。長襦袢の両袖を前で合わせて身体を傾がせて、部屋の中をゆったりと見回した。

〝俄〟の宴席で、灯籠鬢に金の筋のしゃぐまを背負って現れた紀ノ川の姿が、目の前に蘇《よみがえ》った気がした。

「この子が生まれるときに、わっちはおしまいでありんす」

紀ノ川は両腕で己の腹を守るように抱きかかえた。

「おかあさん、この子をどうするつもりでおりんしたか？　どうぞ教えておくんなまし」

紀ノ川は悠然とした笑みを浮かべて、右手を腹に、左手を腰に当てて胸を張った。

「あんたが聞く話じゃあないだろう」

取り上げ婆が、紀ノ川から顔を背けた。

「出刃包丁を使いんすか？　それとも菜切り包丁？　錐《きり》や鎌も使いんすか？」

紀ノ川の我を失ったような鋭い口調が、取り上げ婆の背に向かって投げつけられた。

「ぜんぶ、ぜんぶ使っておくりんす！」

紀ノ川は大声で叫んでから、両目を閉じた。

大きく息を吸ってから、長襦袢の袖を口元に当てて目を細めた。

「お産が始まったら、わっちの腹を好き勝手掻っ捌《さば》いておくんなまし。でも約束しておくんなまし。間違えてこの子に怪我をさせるようなへまだけは、決してなさりんせんと」

「紀ノ川花魁！」

梅は思わず紀ノ川の名を呼んだ。

「お梅さん、わっちは嬉しくてたまらしんす」

紀ノ川は己の腹を撫でながら、涙ぐんだ目で満面の笑みを浮かべた。

「ろくでもないわっちの人生の最期は、この世を恨んで藻掻き苦しみ抜いて、地べたを這《は》いずり回っておっ死《ち》ぬとばかり思っておりんした。わっちはずっと死ぬのが怖かった。それが、この子のために死ねるだなんて。そんな嬉しい死に方がどこにありんしょう。この子が生きてくれるなら、わっちは何も怖くなかりんせん」

紀ノ川の真っ赤に火照った頬に、涙が一筋落ちた。

「どうぞ、そんな顔をしないでおくんなまし。一緒に歌って踊って、わっちの運命を祝っておくんなまし」

紀ノ川は手先だけで踊りの真似をすると、また顔中を皺だらけにして無邪気な笑みを浮かべた。

第五章　文金高島田

一

「紫乃花魁《おいらん》、髪結いさんがいらっしゃいました」

わかなの呼びかけに間髪容《い》れずに、襖《ふすま》の向こうから「お入りなさんまし」と凜《りん》とした声が返ってきた。

襖が開くと、金繻子《しゅす》の打掛を羽織った紫乃が膝《ひざ》に白黒の狆《ちん》を抱き、背筋を伸ばして出迎えた。

「お待ちしておりんした」

紫乃は狆の頭を撫《な》でて微笑んだ。

耳に蝶《ちょう》結びを括《くく》りつけた狆が、賢そうな顔で梅の顔をまじまじと眺めた。

床の間には黄色の小菊をあしらった生け花が飾られて、塵《ちり》一つないすっきりとした座敷を柔らかく彩っている。

ほんの数月前までの紀ノ川が暮らしていた頃とは、見違えるように整った座敷だ。

「ここのところめっきり冷え込んで、布団から出るのが嫌になりんすなあ」

紫乃は分厚い打掛で襟元を隠す真似をしながら、鏡の前に向かった。

「お梅さん、〝髪型帳〟を見せておくんなまし」

紫乃は梅が道具箱から取り出した髪型帳を開いて、一枚ずつ真剣な表情で吟味し始めた。

狆はよほどきちんと躾《しつ》けられているようだ。紫乃が人差し指を一本立てると、主人の足元で丸くなった。

「今日の心持ちでは、これが美しく見えしんす」

たくさんの髪型の中から、紫乃は髱《たぼ》が鳥の尾羽のように跳ねあがった春信風島田《はるのぶふうしまだ》を指さした。

「お任せください。小粋《こいき》で艶《つや》のある華やかな島田に仕上がりますよ」

梅は頷《うなず》いた。

「紫乃花魁は、今日もお美しいお姿ですね。髪の調子も輝くばかりです」

梅は紫乃の髪に一息に櫛《くし》を通した。

紀ノ川のかわりに昼三《ちゅうさん》の花魁となってこの座敷を与えられてから、紫乃の髪は変わった。これまでは若さと器量の良さとできらきらと清流のような光を放っていた髪が、艶《なま》めかしい腰を備えるようになった。

変わったのは髪だけではない。

切れ長の美しい瞳《ひとみ》の形はそのままに、少々丸っこく大味に見えていた鼻と口は、いつの間にか絶妙に美しい形に収まっていた。

物腰の一つ一つにも、並みの遊女とは一段も二段も格が違う、色気の匂い立つような風格が醸し出されている。

紫乃はもう、客に書く文で頭を悩ませたりなぞしない。不実な客との祝言の約束にやきもきして取り乱したりなぞしない。

ただ己を美しく保ち続けることだけに生きる力のすべてを使い咲き誇る、大輪の花だ。

窓の外を強い寒風が通り、大文字屋の屋根が微《かす》かに揺れた。大通りで土埃《つちぼこり》に悲鳴を上げる声が聞こえる。

わかなが風の音に怯《おび》えたように身を縮めた。

「お梅さん、あの人はどうしていらっしゃるんでんしゃろう？」

紫乃は鏡の奥を見据えたまま、ぽつりと言った。

梅は顔を上げた。

紫乃は、梅とは目を合わせない。

「紀ノ川花魁のことですね」

梅は静かに聞き返した。

「もうあの人を花魁と呼ぶのはやめておくんなまし。大文字屋の花魁は、わっちただひとりでありんす」

紫乃が鼻を鳴らした。口元が固く結ばれている。己の言葉の強さに臆《おく》したようにちらりと梅を窺《うかが》い、眼が合いそうになると素早く眼を逸《そ》らす。

「とんだ失礼をいたしました」

梅は小さく目礼して、紫乃の髪を柔らかくたゆませた。

「あの人は、ずいぶんとお腹が大きくなりました。今月中には赤ん坊が生まれますよ」

紫乃の頭皮が僅《わず》かに強張《こわば》った。

「そこまで育ちんしたか……」

しばらく紫乃は、己の胸元に掌《てのひら》を当ててぼんやりと眼を泳がせていた。

梅が髪の元結《もっとい》を締め終わったところで、紫乃は意を決した顔で振り返った。

「どうぞ、これをあの人に持っていっておくんなまし」

紫乃は鏡台の引き出しから南天模様の紙包みを取り出すと、梅を睨《にら》むように見据えた。

紙包みを手に取った刹那《せつな》に、その重さにはっとした。

中を検《あらた》めなくとも、これが金の重みだということはわかる。

「紫乃花魁、こんなにたくさん……」

喜んで受け取るわけにも、いらないと断るわけにもいかず、梅はずしりと重い紙包みを見つめた。

「あの人は、金に困っておりんしゃろう。大文字屋の主人は、あの人の残した紅一つまで売っ払ってしまいんした」

紫乃は梅に向き直った。

傍らのわかなが、声を殺してむせび泣いた。

「髪結いのおねえさん、どうぞ紀ノ川花魁をお頼みいたしんす」

わかなは畳に額を擦《こす》り付けるようにして、梅に向かって頭を下げた。

「わかな、みっともない真似をしなさんまし」

紫乃が低い声で遮った。

「わっちもあんたも、あの人と何にも変わらなかりんす。あの人を憐《あわ》れんでは、罰があたりんす」

紫乃はわかなを手招きすると、優しく抱き寄せた。

二人が身を寄せて初めて、お互いの着物が同じ柄の刺繍《ししゅう》を施した色違いのものだと気付く。

わかなは両手で口元を押さえたまま、紫乃の着物に頬を押し当てた。

「この子はいくら厳しく躾けても、甘えっ子のままでありんす。あの人が、よっぽど甘やかしたんでんしゃろう」

紫乃は梅に向かって含み笑いを浮かべた。直後に、口元を引き締めて背筋をしゃんと伸ばす。

「これでおしまいでありんす。あの人の話は、もう金輪際聞きたくなかりんす」

紫乃は早く金の包みを持って帰れというように、指先で虚空を払った。

二

梅が寮の部屋に足を踏み入れると、机に向かっていた紀ノ川が顔を上げた。

背を壁にもたせかけて、せり出した腹の上に小さな文机《ふづくえ》を載せるようにして筆を握っていた。

「風が冷たいせいでんしゃろうか。大人しく座っていることさえ、うまくできんせん」

紀ノ川は眉《まゆ》を下げて、己の腹に眼を向けた。

「きっと、いよいよお産が近づいているのです。くれぐれも、無理をしてはいけませんよ。身体が疲れたら、すぐに横になってください」

梅は荷物を横に置いて、紀ノ川が投げ出した裸足《はだし》の足をそっと手に取った。もう足袋《たび》を履くこともできないほど足首が浮腫《むく》んで、肌の色が黄色っぽくなっていた。

梅は祈るような心持ちで紀ノ川の足の裏を揉《も》みしだいていく。肌の奥に溜《た》まっている悪い水が少しでも流れ出すようにと、親指に力を込める。

「お梅さん、ありがとう。ずいぶん楽になりんした」

力にはじゅうぶん加減をしていたつもりだったが、痛みを感じさせてしまったのだろう。

紀ノ川は梅の好意を気遣うような笑顔で、さりげなく足を畳んだ。

筆を置いて文机の上を片付け始める。

「何を書いていたのですか？」

梅は紀ノ川の手元を覗《のぞ》き込んだ。

紀ノ川が慌てた様子で、文机の上に広げていた美濃紙《みのがみ》を抱え込んだ。

「お梅さん、覗きはやめておくんなまし。この文は、見られたくはなかりんす」

紀ノ川は顔を真っ赤にして、恥ずかしさを堪《こら》える顔をしている。

「これは、ごめんなさい。紀ノ川花魁がそれほど顔を赤くするなんて、どなたへの文でしょうか」

梅は紀ノ川の華やいだ調子に合わせて、明るい声で訊《き》いた。

紀ノ川は口元を押さえて照れ笑いを浮かべながら、眼を逸らす。まさかとは思うが、まるで恋人に文を書く乙女の姿そのままだ。

「まだ名前はありんせん」

梅ははっとして紀ノ川を見つめた。

「わっちが腹の子に文を書くなんて、柄にもない話でありんす。どうぞ笑っておくんなまし」

紀ノ川がはにかんだ。

「何もおかしい話ではありませんよ。とても善いことに違いありません」

梅の言葉に、紀ノ川は居心悪そうな顔で肩を竦《すく》めた。

「客への恋文なら、難なくいくらでも書いてきんした。でも、この子に何を書いてやったらいいのやら、いくら考えてもよい文言が思い付きんせん。今日は一日これで終わってしまいんした」

紀ノ川は手元の美濃紙を勢い良く握り潰《つぶ》した。

梅が「あっ、勿体《もったい》ない」と叫んだ顔を見て、澄ましてほくそ笑む。そのまま丸めた紙を屑籠《くずかご》に放り込んだ。

「おアサさんは、お遣いに行ってくださりんした」

紀ノ川は文机を脇に置いて、大きく息を吐きながらその場に寝そべった。

「買い物に行きましたか？」

「いんや、この子のために、お乳を探しに行ってくだしんす」

紀ノ川が腹を撫でると、腹の中の赤ん坊が激しく跳ねた。

「……お乳ですか？」

梅は意味が摑《つか》めない心持ちで訊いた。まだ腹の中にいる赤ん坊は、お乳など飲まない。

「わっちが死んだ後でありんす。わっちがいなくなってから、赤ん坊にお乳をやってくれる女《ひと》を探してくだしんす」

胸に氷を押し当てられたような気がした。

梅は息を潜めてどうにか頷いた。

赤ん坊が生まれるときに、紀ノ川は死ぬ。その宿命は決して変わらない。

「おアサさんがいなかったら、わっちはお乳のことなんて、まったく頭が回らしんした」

紀ノ川は安らかな表情で呟《つぶや》いた。

その日はもうすぐそこまで来ている。梅は知らず知らずのうちに眉間《みけん》に深い皺《しわ》が寄っていると気付き、小さく首を振った。

気を取り直すように仕事道具を片付け出す。

ふと、昼間に紫乃から託された紙包みを思い出した。

「紀ノ川花魁、吉原で、これを預かってきました」

梅は紙包みを紀ノ川に差し出した。

紀ノ川は怪訝《けげん》そうな表情で、ゆっくりと身体を起こした。

「わかなが、渡しんしたか？」

紀ノ川が眉を顰《ひそ》めて訊いた。

「受け取れるはずがなかりんす。あの子はほんとうに、こんな馬鹿なことをして……」

「違います。わかなさんからではありません」

紀ノ川の動きが止まった。

「紫乃花……紫乃さんからです」

思わず紫乃花魁と言おうとして、梅は言い直した。

紀ノ川は表情のない顔をした。

「紫乃さんは、大文字屋の主人の無情さに心を痛めていらっしゃいました。きっと、紀ノ川花魁が、銭の心配をせずに安心して赤ん坊を産むことができるようにと……」

梅は冷や汗が出る気分で続けた。

「紫乃……さんは、きっと、きっと……」

「わかりんした。どうぞくれぐれも、お礼を申しておくりんす」

紀ノ川が静かに遮った。

手に握った金の包みをじっと見つめて、大きなため息をつく。

紀ノ川は包みの中身の重さを確かめるように一度手を揺らしてから、懐にそっとしまった。

「お梅さん、もう一つだけお願いがありんす」

「何でしょう？　何でもお申しつけくださいな」

梅は無理に明るい声で言った。

「明日、一緒に花見に行ってくれんしゃろうか？」

紀ノ川は天井を見上げた。

「花見ですか？　まだ早いのではないでしょうか。吉原仲の町にも、桜の花は咲いていませんよ」

梅は寒風の吹きすさぶ庭に顔を向けた。

「桜はもう見飽きんした。わっちの花見は、椿の花でありんす」

椿の花と聞いて、梅の脳裏に寒椿の生け垣が浮かんだ。

雪の中、分厚く固い深緑の葉が生い茂り、目が覚めるように真っ赤な花をつける生け垣だ。

「浄閑寺ですね！　夕霧さんのお墓参りに……」

紀ノ川は幼子のようにこくんと頷いた。

三

箕輪の寮から浄閑寺までのほんの一里にも満たない道のりを、紀ノ川は長い時をかけて進んだ。

アサの分厚い綿入れで身体を覆い、白い息を吐きながら、梅にしがみ付くようにして歩く。

汗まみれになって浄閑寺に辿《たど》り着いた頃には、灰色の空から小雪がちらついていた。

「門からは、まだもう少し歩きますよ。足元に気を付けて」

梅は紀ノ川の肩を抱いて墓所の奥へと向かった。紀ノ川は返事をすることさえ苦しい様子で、ただ大きく頷くだけだ。

「椿の花が満開ですね。なんてきれいなんでしょう」

息も絶え絶えの様子の紀ノ川の耳元で、梅は囁《ささや》いた。

真剣に足元を見つめて、己の歩を進めることだけに心を注いでいた紀ノ川が、梅の言葉に横顔で小さく微笑んだ。

墓所の生け垣には、赤い椿の花がぽつぽつと咲いていた。この寒さなどものともしないように分厚い花弁が真紅に輝いている。

墓所にある樟《くすのき》の大木の葉は黄色くなりかけているので、椿の木の武骨なまでの健やかさがより際立った。

椿の花の匂いなどこれまで気に懸けたことがなかった。しかし赤い花をじっと見つめていると、墓所全体を覆うような清楚《せいそ》な椿の香りが、確かに漂っていることがわかる。

墓所の中に人の気配はまるでない。小雪が音を吸い込んでいるせいなのか、水の底にいるような静けさを感じた。

「ここですよ。ここが、夕霧さんの眠っているお墓です」

紀ノ川の歩みが止まった。

荒い息で身体を揺らしながら、小さな墓石を喰《く》い入るように見つめる。

墓石には夕霧の文字がくっきりと残って、石の角は思わず撫でたくなるくらい心地良い鋭角を保っていた。

夕霧の墓は、ほんの数月前に来たときと寸分たがわぬ姿でそこにあった。あれからたくさんの事が起きたというのに、墓だけはまったく真新しいままだ。

「……おねえさん、遊びに参りんした」

紀ノ川が掠《かす》れた声で言った。

目を細めて笑みを浮かべる。懐かしい人に会った顔だ。

時の流れを確かめようとするように、己の大きな腹をそっと撫でた。

「思ったとおり、居心地良さそうな座敷に、お住まいでんしたなあ」

紀ノ川は墓石の前で合掌すると、しばらく首《こうべ》を垂れた。

梅も紀ノ川に倣って、両掌を合わせた。

椿の生け垣から鳥の飛び立つ羽音が聞こえる。遠くで本堂の鐘が鳴る。線香の匂いが一層濃く漂った気がした。

梅が顔を上げても、紀ノ川は首を落として一心不乱に祈り続けている。

紀ノ川の身体は臨月らしく丸く大きくなっているのに、真っ白いうなじには固い尖《とが》った骨が浮き出して見えた。

紀ノ川の後ろ姿をじっと見つめていると、思わず涙が零《こぼ》れそうに胸が痛んだ。空に顔を向けて奥歯を嚙《か》み締め、両掌を強く握る。

ふと、紀ノ川が軽やかに振り返った。

「お梅さん、ひどい顔をしておりんす」

紀ノ川は小さく微笑んで、梅のほうへ一歩踏み出した。

梅の両手を握る。

「お梅さん、お別れは嫌でありんすなあ。悲しいことでありんすなあ」

握り合った手に紀ノ川の涙が落ちた。

「この子を、どうぞよろしくお頼み申しんす」

紀ノ川は穏やかな笑みを浮かべると、深々と頭を下げた。

四

紀ノ川が産気づいたのは明け方だった。

「おかあさん、切っておくんなまし！　腹を切っておくんなまし！」

取り上げ婆《ばば》がやって来るのを待ち構えたように、部屋中に紀ノ川の悲鳴が響き渡った。

部屋の隅に積み上げられた布団に身をもたせかけて、髪を振り乱して叫んでいる。

髪は汗みどろになって、紀ノ川の首筋にべっとりと張り付いていた。眉根には深い皺が寄って、口元は歯を剝《む》き出しにして喰い縛っている。瞳は焦点を結んでいない。断末魔とはこのことかと思わせる凄《すさ》まじい形相だ。

傍らに付き添ったアサが、紀ノ川の額の汗を手拭《てぬぐ》いで淡々と拭った。

「うるさい、うるさい。子を産む女はみんなそう言うんだ。あんただけじゃあないよ」

取り上げ婆は開口一番、せせら笑うように言って、わざと鷹揚《おうよう》な足取りで紀ノ川に近付いた。

「婆さま、なんてことを……」

思わず文句を言いかけた梅を、アサが目で制した。

「おかあさん！　約束でんしたろう！　わっちの腹を切って、この子を……」

紀ノ川が首を滅茶苦茶に振り回しながら叫んだ。汗の粒が周囲に飛び散るのがはっきりと見える。

「ああもう、少しは落ち着くんだよ。大文字屋の花魁がなんてざまだい」

取り上げ婆が、紀ノ川の額をぴしゃりと叩《たた》いた。

紀ノ川が呆気《あっけ》に取られたように、しばらく動きを止めた。

取り上げ婆はよっこらしょ、と紀ノ川の背後に回り込むと、手慣れた様子で紀ノ川の掌を握った。

「私の言う通りにしな。大きく鼻で息を吸って、口から細く吐き出して――ほら、ちょっと楽になるだろう？」

紀ノ川は取り上げ婆の言葉に従って、鼻の穴を膨らませた。

眉間の皺が和らいで、歯を剝き出しにしていた唇が元の美しい形に重なる。

「約束は忘れちゃいないさ。赤ん坊は絶対に助けてやる」

取り上げ婆が、紀ノ川の肩を撫でながら言い聞かせた。

「わっちの腹を……」

「私に指示するんじゃないよ。お産のことは、私にすっかり任せておきな」

取り上げ婆が厳しい口調で遮った。

「あんたはしっかり踏ん張って、赤ん坊を産むんだ。他のことなんて、どうとでもなるさ」

紀ノ川は鋭い痛みの波に襲われたように、苦痛に顔を歪《ゆが》めた。

「わかりんした。お任せいたしんす」

紀ノ川は唇を嚙み締めると、唸《うな》り声を上げながら大きく息を吐いた。

それから長い間、部屋には紀ノ川の唸り声と、幼子をあやすような取り上げ婆の声が響いた。

「湯を持ってきておくれ。すぐに、すぐにだよ！」

取り上げ婆が、いきなりこれまでとはまったく違う険しい声で叫んだ。

アサが火鉢の薬缶《やかん》に駆け寄り、梅が廊下から抱えてきた水桶《みずおけ》に湯を流し込む。

「ああ生まれる、ああ生まれるよ」

薬缶を握ったアサが熱に浮かされたような声で呟いた。

梅は大きく息を吸い込んで、勢い良く顔を上げた。

ぬるま湯を張った桶を紀ノ川の足元に置いたその時、赤ん坊の産声が部屋に響き渡った。

真っ赤な赤ん坊が現れた。まるで顔中を口にしたような様子で、声の限りに泣き声をあげている。

猫よりも小さくて弱々しい姿なのに、障子を震わせるほど大きい泣き声だ。

「はいはい。元気な男坊主だね。よく来たよく来た」

取り上げ婆が手早く赤ん坊を産湯に入れた。

梅は目玉を見開いて、目の前の光景を見つめた。

「早く受け取っておくれっ」

取り上げ婆に命じられて、用意していた真新しい手拭いで慌てて赤ん坊を包み込む。

見た目よりもずっと重い。そしてずっと力がある。赤ん坊の太くて硬い背骨が、梅の腕からどうにかして逃れようとするように跳ね回る。

梅は赤ん坊を胸に力強く抱き込んだ。

「紀ノ川花魁！」

叫ぶように呼びかけて、枕元に駆け寄った。

「赤ん坊が生まれましたよ。とても元気な男の子ですよ。ほら、こんなにかわいい……」

梅は赤ん坊を紀ノ川の目の前に近付けた。

紀ノ川は赤ん坊に手を伸ばしかけてから、やめた。

紀ノ川は己の白い指先をじっと見つめている。

「……この手で触ったら、驚かせてしまいんす」

紀ノ川は悪戯《いたずら》をするように、梅の二の腕を人差し指でちょんと突いた。

その冷たさに梅は息を呑《の》んだ。

紀ノ川の指先は氷よりもさらに冷たい。触れた人の熱を奪い取る死人の肌だ。

紀ノ川の胸から下は、取り上げ婆によって大きな布で何重にも巻かれていた。布のところどころに真っ赤な血が滲《にじ》んでいる。

顔からは完全に血の気が失われて、緑がかった土気色になっていた。

全身全霊で痛みに耐えていたほんの少し前とはまるで別人のように、乱れた髪までも力を失い始めている。

「胸に置いてやっておくりんす」

紀ノ川は己のはだけかけた胸を弱々しく指さした。

梅は頷いて、紀ノ川の襦袢《じゅばん》の襟元を開いた。

心ノ臓に掌を当てる。脈は弱かった。しかし、そこにはまだ命の灯の温《ぬく》もりが残っていた。

赤ん坊の身体を両手でしっかりと支えながら、紀ノ川の胸に押し当てる。

それまで暴れ回っていた赤ん坊が、ぴたりと動きを止めた。母親の肌の温もりを味わうように、頬を擦り付ける。

「ありがとう」

紀ノ川は一言だけ呟くと、それから長い間ずっと黙りこくった。

取り上げ婆だけが、何事もなかったような顔をして手際よく部屋を片付けている。

「なんてかわいい子だろうね。この世で一番かわいい子だ。こんなにきれいな子、見たことがない」

アサが、顔をくしゃくしゃにして泣いていた。

梅はアサに顔を向けた。

「紀ノ川花魁の赤ん坊だよ。かわいいに決まっているじゃないか。おっかさんとは元が違うさ」

己も涙を抑えて憎まれ口を叩くと、アサが顔を拭《ふ》きながら「そりゃそうだ」とにやりと笑った。

五

赤ん坊にお乳をやってくれる女《ひと》が、どうしても見つからなかった。

二日目の日が落ちる頃になると、赤ん坊の身体に漲《みなぎ》っていたとんでもない生命力にも、暗い陰りが見え始めた。

赤ん坊が泣き声を上げるたびに、砂糖水を温めたものを綿に浸して口に運んでやっていた。しかし最初の一口は嚙《かぶ》り付くような勢いなのに、すぐに口を離してしまう。

それからは赤ん坊は疲れ切ったように、両腕を広げてこんこんと眠り込む。

眠る赤ん坊の瞼《まぶた》が、透けるように白くなっていた。

傍らで紀ノ川は、日がな一日薄目を開けたまま細い息で微睡《まどろ》んでいる。もうあとは心が抜けていく時を待つだけの身体からは、赤ん坊に飲ませるお乳が出るはずもない。

梅は居ても立ってても居られない心持ちで、アサの帰りを待ちわびていた。

離れへの廊下を渡る乱暴な足音に、跳ねるように立ち上がる。

「困ったよ。どうにも見つかりゃしない。ほんの少し前だったら、両方の乳房からお乳が溢《あふ》れるように出て困っているなんて、いくらでも聞いた話なのにさ」

額を押さえたアサの顔に、焦りが色濃く見て取れる。

アサが手に握った竹筒には山羊《やぎ》の乳が入っていた。事情を聞いて心を痛めた村人からわけてもらったという。

数年前に陸奥地方から始まった飢饉《ききん》は、お江戸にもはっきりと迫っていた。

このあたりは、陸奥とは違ってきちんと夏は暑くて冬は寒い。それなのにお天道さまの力がほんの少し弱いせいで、作物がどうにもうまく育たない。

お天道さまの調子は人にも力を及ぼすのか、巷《ちまた》で急に産婦のお乳が出なくなったという話を聞くようになった。町には、お乳の出が良くなるといわれる薬や按摩《あんま》や灸《きゅう》の貼り紙がめっきり増えた。

「取り上げ婆さまに、助けてもらえないんだろうか？　あの人は、このあたりで子を産んだ女《ひと》をみんな知っているだろう？」

梅は泣き出しそうな声で訊いた。

「頼めるところには、もうみんな行ってきたさ」

アサはほんの一瞬、口ごもった。

その時、赤ん坊が、ふええ、と悲し気な泣き声を上げた。

梅は赤ん坊のところへ駆け寄ると、よしよしと呟きながら胸に抱き上げた。

軽い、と思う。生まれ落ちたその日よりも、赤ん坊の身体は確実に軽くなっている。

己の乳房が錐《きり》で刺されたように痛んだ気がした。

「お梅さん、この子は……」

横たわった紀ノ川が、眼を虚空に向けたまま荒れた唇を震わせた。

「大丈夫ですよ、大丈夫。赤ん坊はじゅうぶんに、元気いっぱいですよ」

梅は無理に明るい声を出した。

アサが持って帰った山羊の乳を、真新しい綿に浸す。祈るような思いで、歯のない赤ん坊の唇にそっと這《は》わせる。赤ん坊はほんの一瞬だけ綿に喰い付いてから、すぐに、これではないというように脱力する。

駄目だ。このままでは、この子は本当に駄目になってしまう。

梅は赤ん坊の頬に顔を寄せた。生まれたばかりの真新しい頬が、乾いて荒れている。

「ねえおっかさん、さっき、何を言おうとしたんだい？　話しておくれよ」

眼の端で、アサが両腕を前で組んだのがわかった。

「迷ったんだよ。あんたに、話してもいいのやら……」

「わかっているさ。龍之介のことだろう？　龍之介のところで、最近子が生まれたはずだよ」

梅は一息に言って、赤ん坊を強く抱き直した。

アサが大きくため息をついた。

「ここらじゃ一番の金持ちの家だからね。いいものを喰っているんだろうよ。薬屋も按摩も灸も、今のところあの家ではお呼びじゃあないようだね」

アサが仏頂面で言った。

「わかったよ、私が行く」

梅はきっぱりと言った。

「お止め。嫌がられるに決まっているよ。私があそこの家の人だったら、とんでもないって追い返すよ」

アサが嫌な冗談を聞いたように、顔を顰《しか》めて左右に首を振った。

「それしか、この子を救う道はないんだろう？　ならば、頼んでみるしかないよ」

「あんた、あんな浮気男に頭を下げるってのかい？　あんたを追い出した女狐に、どうかお乳を恵んでくださいって、頼むってのかい？」

アサは苦しそうに顔を逸らした。

アサが龍之介を悪く言うのを初めて聞いた。珠緒を悪く言うのを初めて聞いた。

「この子が助かるってのなら、そのくらいどうってことないさ」

梅は顔を大きく振って、アサを見据えた。

「絶対に、あんたを助けてやるからね」

梅は赤ん坊をアサの腕の中に押し込むと、飴《あめ》細工に触れるような手つきで赤ん坊の柔らかい髪をそっと撫でた。

六

日本堤の畦道《あぜみち》で、梅は分厚い綿入れを二重に羽織って目を凝らした。

真冬の暁七つは、まだ日の出の気配などどこにもない真っ暗闇だ。黒頭巾《ずきん》にしっかり顔を埋《うず》めていても、鼻息さえも白く凍る。

吉原大門の向こうで暁七つの拍子木が聞こえた。

「また来るぞ。養生して過ごせよ」

いかにも遊び慣れた風のさっぱりした別れの挨拶《あいさつ》に、梅は身を乗り出した。

龍之介が、大門からご機嫌な足取りで出てきた。

数回振り返って大門の向こうに手を振ったりなぞしてから、暗がりに入った途端、急に疲れの滲んだ早足に変わって家路へと向かう。

「龍さん」

一旦《いったん》先を行かせてから、いきなり背後から声を掛けた。

「な、なんだ！」

龍之介は身構えて目を剝いた。盗賊と間違えたかのような、殺気立った剣幕だ。

「龍さん、驚かせてごめんよ。どうしても今夜のうちに会いたかったんだ」

梅は頭巾を下ろした。

「……なんだ、お梅じゃないか！　こんなところで、いったいどうしたんだ？」

龍之介はすぐに相好を崩した。

ほっと息を吐いて、嬉《うれ》しそうに梅に駆け寄る。まともな男なら、暗闇で黒ずくめの恰好《かっこう》をして待っていた梅に対して、薄気味悪さを感じるに違いなかった。

女と見ればどんなときでも笑顔になるのが、この男だと思った。

「俺を待っていたのか？　こんな冬空で、ひどく寒かっただろう？　手もこんなに冷やっこくなって……」

龍之介が梅の掌を握ろうと手を伸ばした。

「お乳をもらいたいんだ」

「へ？」

龍之介の動きが止まった。

「紀ノ川花魁が、箕輪の寮で男の子を産んだんだ。二日前になる」

梅は龍之介の瞳を覗き込んで、一歩前に踏み出した。

「そうか、紀ノ川は、本当に子を産んだのか……」

龍之介が伸ばしかけた手をぶらつかせながら、独り言のように呟いた。

「でも、お乳をあげてくれる女《ひと》が見つからないんだ。ここいらの女《ひと》はみんなお乳が出なくて、己の赤ん坊を育てるので精一杯なんだ。このままじゃあ赤ん坊が死んじまうんだ」

梅は口を一文字に結んだ。

「それはつまり、紀ノ川はもう助からないってことなのか？」

龍之介が眉を顰めた。

「今日明日、持つかどうかだよ。紀ノ川花魁が命を賭《か》けて産んだ子だ。必ず助けてやらなくちゃいけないんだ」

梅は淡々と答えた。

「何てことだ、あの紀ノ川が……」

龍之介の目頭がみるみるうちに赤くなった。

「だから龍さんのお内儀《かみ》さんに、お乳をもらって欲しいんだ」

梅の言葉に、龍之介の喉《のど》がぐっと鳴った。目が大きく見開かれる。

「珠緒に……か？」

梅はきっぱりと頷いた。

「いや、確かに、珠緒はこのご時世に、よくお乳が出ると喜んでいた。湯島の人たちが、芋やら餅《もち》やら南京《なんきん》やら、お乳に良いといわれているものをいくらでも取り寄せてやっているからだと……」

言いながら龍之介は、気まずそうに押し黙った。

眼が忙《せわ》しなく虚空を動く。言葉を探すように唇が小さく震えて、すぐに勢い良く左右に首を振る。今にも頭を抱えてその場に蹲《うずくま》りそうだ。

「頼むよ、龍さん。あんたにしか頼めないんだ」

梅はつい先ほど己に伸びかけていた龍之介の手を、素早く取った。

髪結いの大きな両掌で、龍之介のひ弱な拳《こぶし》をしっかりと握り込んだ。

肌が触れ合ったことに臆するように、龍之介が半歩後ずさった。

梅は両掌に強く力を込めて、龍之介を睨み付けた。目尻《めじり》を吊《つ》り上げて鼻の穴を膨らませて、腹に大きく息を吸い込んだ。

龍之介がそんな梅の顔にぎょっとしたように、目を凝らす。

男にものを頼む顔ではないとわかっていた。

もっと優しく可愛らしく儚《はかな》げに眉を下げ、龍之介の男心をくすぐるように頼めばきっとうまくいく。

龍之介は女の頼みごとを、決して断れない男だ。そんなこと、元女房の己が一番良く知っていた。ここで梅が涙の一つでも見せれば、きっと珠緒を泣かせてでも望みをかなえようと安請け合いをするに違いなかった。

でも今は、ほんの僅かでも龍之介の心を軽く見てはいけないと思った。

梅は奥歯を嚙み締めた。

哀れを誘うのではなく、弱味につけ込むのでもなく、ありとあらゆる策をかなぐり捨てて、ただ己の真心を伝えて龍之介の善い心に縋《すが》りたかった。

「龍さん、頼む。お願いだよ！」

梅は男のように低い声で唸った。

「任せろ」

龍之介がただ一言答えた。

もったいぶった様子もなければ、恰好つける様子もない。空耳かと疑うほどのあっさりとした一言だ。

「龍さん……」

梅は息を吞んで龍之介を仰ぎ見た。

「俺に任せておけ。すぐに珠緒を連れに行こう」

龍之介は梅の瞳を真っ直ぐに見つめてから、「赤ん坊のためだ」と小声で続けた。

七

梅は人目から隠れるように通りに背を向けて、湯島の家の軒先に立った。

かつては己の家だった大名普請のお屋敷を、しみじみと見上げた。長屋の住人だったら百人だって暮らせるくらいの、立派なお屋敷だ。

耳たぶを冷やす寒風に肩を竦めた。

冷たい風の匂いに、骨董《こっとう》屋の店先をきれいに掃き清めていた光景を思い出す。毎朝店を開ける前に、龍之介が買い付けてきた〝とんでもないお宝〟の一つ一つに、丁寧に塵払《ちりはらい》をかけた。

朝は心持ちがすっきりして、きっと今日はいいことが起きると思った。

しかし日が陰ってくるにつれて、胸の中に暗いものが広がった。

夕刻になって店先の雨戸を閉めるとき、通りの向こうに龍之介の姿を探して幾度も目を凝らした。嫌な噂話に「そんなの出《で》鱈目《たらめ》だ」と、ただ一言言って欲しくて、夜通し苛々《いらいら》と頭を抱えて龍之介の帰りを待ち続けた。

嫌な女房にならないことはできたのだろうか。

龍之介に愛想をつかされることなく、今でもこのお屋敷でのんびりと暮らしている未来が、私には果たしてあったのだろうか。

勝手口の木戸が開く、懐かしい音に背筋が震えた。

思わず慣れた動きで裏に回り込みそうになるのを慌てて抑えて、その場で一度足踏みする。

素早く顔を通りに向けて、素知らぬ顔で大きく息を吸う。

「お梅！」

龍之介の声に振り返ると、背後にいきなり珠緒の姿があった。

何重にもおくるみで巻かれた丸っこい赤ん坊を胸に抱いて、寒風を避《よ》ける肩掛けをかぶっている。髪は子を持つ母らしいどっしりした丸髷《まるまげ》だ。

腹の子は既に産まれたのに、珠緒の身体は分厚くたくましいままだ。特に肩のあたりに力強い肉がついて、まだ子を宿していた頃に深川で姿を盗み見たときより、十も年を重ねたように見えた。

しかし珠緒は、あのときよりもずっと健やかに見えた。瑞々《みずみず》しく可憐《かれん》な姿だったあの頃よりも、もっともっと輝かしく頼もしい力が漲っていた。

珠緒は梅の顔を真正面から見て、ぎくり、という音が聞こえるような顔で息を呑んだ。

梅が何か言おうとしたそのとき、珠緒の背に隠れていた龍之介が、ひょいと身を乗り出した。

「さあ、紀ノ川のところに案内してくれ！」

梅が思わず珠緒に、本当に良いのか、と目で問いかけると、珠緒は胸の赤ん坊を抱き直して「早く行きましょう」と固い声で言った。

道中、珠緒は梅とは片時も目を合わせず、怯えたように口元を引き締めていた。しかし案内役の梅さえも押し退ける勢いで、誰よりも早足で夜明け前の通りを進む。

「紀ノ川花魁！　お乳をくださる女《ひと》が見つかりましたよ！」

梅が龍之介と珠緒を伴って部屋に飛び込むと、赤ん坊をあやしていたアサが驚愕《きょうがく》の顔で腰を抜かした。

龍之介と珠緒の赤ん坊の、はち切れんばかりの頬を見てしまったからだろうか。アサの腕の中の赤ん坊は、萎《しお》れた顔をして、先ほどよりももっと生気が失《う》せているように思えた。

「お梅！　あんた、ほんとうに……」

言葉を失って喘《あえ》いでいるアサに、龍之介が青い顔をして目礼をした。

アサがつられたように目礼をしてから、すぐに、冗談じゃない、というように仏頂面をこしらえた。

珠緒は己の子を龍之介の腕に押し付けると、紀ノ川の枕元へ駆け寄った。

「紀ノ川花魁、お初にお目にかかりんす。稲本楼《いなもとろう》におりました、珠緒でありんす」

薄目を開いて天井を見つめた紀ノ川に向かって、珠緒は三つ指をついて丁寧なお辞儀をした。

これまで健やかな若お内儀としか見えなかった珠緒が、廓《くるわ》言葉を口に出した途端、急に艶めいて見えた。

珠緒はゆっくり顔を上げると、三つ指をついたまま小首を傾げて紀ノ川を窺う。

もう紀ノ川は話をすることも難しい、と梅が伝えようと腰を浮かしたところで、ふいに紀ノ川が口を開いた。

「珠緒さん、よくいらしてくだしんした。お噂通りの、可愛らしい人でありんすなあ」

天井の一点を見つめたままだった瞳が僅かに動いた。

「紀ノ川花魁、しばらく赤ん坊を、お借りいたしんす」

紀ノ川は頷いた。

珠緒は勢い良く振り返ると、アサの抱いた赤ん坊に歩み寄った。アサが気圧《けお》されたように珠緒に赤ん坊を差し出した。珠緒は梅とも龍之介ともアサとも目を合わさずに、赤ん坊を胸にかき抱く。

赤ん坊が力ない声で、ああ、と泣いた。

「こんなに痩《や》せちまって、かわいそうに。お腹が減ったねぇ」

珠緒が呟いて、赤ん坊を優しく揺すった。着物の襟元を緩めかけて、ふと手を止める。

畳の目をじっと睨んでから、龍之介に顔を向けた。

「龍さん、わかっているね。約束だよ！」

珠緒の声は鉄火場にでもいるように鋭い。

梅が振り返ると、龍之介がすやすや眠る己の子を腕に抱いて目を白黒させていた。

「……そ、そうだったな。そうだ、そうだ」

龍之介が幾分頼りない声で答えた。

「さっきの私との約束を、ここで、もう一度言ってごらんよ！」

珠緒は一歩も引く様子もなく、龍之介に詰め寄った。

龍之介がちらりと梅に助けを求めるような眼を向けた。

何が何やらわからない梅が眉を顰めると、慌てて眼を逸らす。それから龍之介は眼を天井やら畳やらいろんなところに彷徨《さまよ》わせた挙句、ようやく腹を括ったように背筋を伸ばした。

「わかった。お梅、おアサさん、そして紀ノ川花魁、俺と珠緒の約束を聞いておくれ」

アサが赤ん坊のことが気になって仕方ない様子で、乱暴に何度も頷いた。

「俺は、もう廓には行かない。これからは、ちゃんと珠緒とこの子の側にいる」

龍之介が自棄《やけ》になったような大声で宣言した。

梅は両掌を密《ひそ》かに握った。

顔を顰めたくなるほど、胸の傷に沁《し》みた。

「珠緒、これまで悲しい思いをさせて、寂しい思いをさせて悪かった。俺は今日から心を入れ替えて、真っ当に働く真人間になる」

言葉を続けながら、龍之介の瞳に力が宿る。己の善い心を表に出す喜びに溢れた、子供のように純真な笑みが口元に浮かぶ。

「赤ん坊が乳離れをするまで、一年はかかるんだよ。その間、あんたの生き方がどう変わったか、しっかり見させてもらうよ」

珠緒が厳しい口調で念を押した。

赤ん坊を揺らす手付きは優しいのに、目は強固な三白眼だ。

「わかっている。約束だ」

龍之介がきっぱりと頷いた。

恋人の機嫌を取る男の顔でもなければ、女房にとっちめられる亭主の顔でもない。

長年の苦悩からやっと脱したかのようにすっきりとした、梅が今まで一度も見たことのない晴れやかな顔だった。

「……珠緒さんは、やっぱりお噂通りの方でありんすなあ」

横たわった紀ノ川が身体を揺らしながら、愉快そうに呟いた。

珠緒の険しい表情がふっとほぐれた。

「そりゃ、どんなお噂でんしゃろうか。わっちは、ちっとも聞きたくなかりんす」

流し目で答えた珠緒は、迷いのない手つきで己の着物の両肩を落とした。

珠緒の肉付きの良い白い肌が、薄暗い部屋でわっと光を放った。

「私たちは外に出ているよ」

アサが鼻でほっと安堵《あんど》のため息をついて立ち上がり、梅と龍之介に目配せをした。

八

己の子を抱いた龍之介と二人、寮の母屋の縁側に並んで座った。

荒れ果てた寮の庭が明け方の寒々しい光に照らし出されて、まるで幽霊でも現れそうな有様だ。

軒先から小さな蝙蝠《こうもり》が羽搏《はばた》いて、大きく曲がりくねってほの白い空に飛んで行く。強い風が吹いて野良犬が喚《わめ》く。どこかで井戸桶が引っ繰り返る音がする。庭の隅で朽ちた枯れ草の山が乾いた音で鳴った。

まったくもって趣なぞない、ひどい景色だ。

これまで梅と龍之介が並んで眺めたものは、龍之介が追い求めたお宝と同じように趣を凝らした贅沢《ぜいたく》なものばかりだった。

梅は小さく微笑んだ。

「龍さん、ほんとうにありがとう」

梅は眠る子と龍之介を一つに見つめた。

「なあに。人として当たり前のことをしたまでさ。礼なら……」

龍之介は頬を赤くして口を結んだ。

梅と龍之介は眼を合わせた。

「……珠緒さんのおかげだよ」

梅は肺から息を絞り出すように、珠緒の名を口に出した。

己の耳を震わせるその名が辛《つら》すぎて、目の前が大きく揺らいだ。

強引に口元を引き上げて微笑んだらその拍子に力が抜けて、一粒だけ涙が落ちた。

「お梅、済まなかった」

龍之介が静かな声で言った。

「もっと言っておくれ。それじゃあ、ぜんぜん足りないよ」

梅は涙を親指で振り払って、鼻先を空に向けた。

「悪かった。お前を悲しませて悪かった。お前を幸せにしてやることができなくて、ほんとうに悪かった」

龍之介は一言一言を大事に噛み締めるようにして言った。

龍之介の言葉が、梅の胸の奥に熱く広がった。

「私が悪いんだよ。私が、龍さんをいじめたんだ。私は龍さんのことなんて、最初から、ちっとも、ぜんぜん、少しも、好きじゃなかったから、龍さんに意地悪ばっかりする嫌な女房だったんだ」

梅は両手で顔を覆った。己の大きな掌の中で、雑巾の水を切るようにぐっと涙を振り絞った。

龍之介に顔を向けたときには、涙はしっかり止まっていた。

「お梅、幸せになってくれ」

龍之介が目尻を柔らかく下げた。

「当たり前さ。決まっているだろう」

梅は胸を張って答えてから、小声で「龍さんも」と付け加えた。

九

「それじゃあ、赤ん坊はこちらにお借りいたしんす。ですが心配は御無用。すぐにまた明日、母上にお顔見せに伺いんす」

珠緒は赤ん坊を手早くおくるみに包むと、敢《あ》えての楽しげな口調で言った。

お乳をたっぷり飲んだ赤ん坊の顔は、先ほどとは見違えるくらい安らかだ。気のせいではなく、本当にぐんと一回り大きくなったように見える。

生まれたばかりの赤ん坊は、昼夜構わず何べんもお乳を飲まなくてはいけない。珠緒がずっとこの寮で控えているわけにはいかないのだから、赤ん坊を湯島の家に預けるのは必然だった。

横たわった紀ノ川が、力なく左右に首を振った。

梅は「赤ん坊は大丈夫ですよ。珠緒さんにお任せしましょう」と紀ノ川の耳元で囁いた。

「可愛らしい弟分ができて、きっとこの子も大喜びでんしゃろう」

珠緒は紀ノ川の抵抗に気付いていないふりをして、龍之介の腕の中の我が子に朗らかな笑顔を向けた。

紀ノ川はもう一度大きく首を振った。

「いらしてくださらんで、よござんす。珠緒さんが、赤ん坊ふたりを連れてこの寒さ。誰かひとりでも風邪なぞひいてはと、生きた心地がしなかりんす」

紀ノ川は良く通るきれいな声で言った。

「わっちはこれから、旅の支度で忙しくなりんす。その子に、どうぞよろしゅうお伝えくださんまし」

冗談めかした紀ノ川の口調は、みるみるうちにやっと声を絞り出すかのように苦しげに変わった。

しばらくの静寂の後、紀ノ川は布団の上で身体を跳ね上がらせるように激しく咳《せ》き込んだ。

「お優しいお心づかい、嬉しく思いんす。ではでは、お言葉に甘えて、しばらく子供らとあったかくしてゆっくり過ごしんす」

珠緒は屈託なく紀ノ川の言葉を受け入れた。

「紀ノ川花魁、良い道中でありますように。心よりお祈り申しんす」

珠緒はまるで憧《あこが》れの姉さまの晴れの日を祝うような言葉で、深々と頭を下げた。

涙の別れもなくあっさり赤ん坊がいなくなると、急に部屋の中は寒々しい寂しさで満たされた。

梅は紀ノ川の額に張りついた髪を撫でてやりながら、これはまぎれもなく死の影だと思った。

少し迷ってから、紀ノ川の横に身を横たえた。二の腕を枕にして、紀ノ川の横顔をじっと見つめる。

紀ノ川の微かな息に己の呼吸を合わせていたら、穏やかな眠気を覚えた。

立て付けの悪い戸の隙間から、煙草の煙の匂いが入り込む。アサが庭で煙草を吸っているのだ。

「おっかさんたら、赤ん坊と離れるのが寂しくてたまらないんですよ。すぐにまた、うんざりするくらい一緒にいられるってのに……」

梅は紀ノ川の耳元で囁いた。庭をゆっくりと歩き回る砂利の音が聞こえる。

「おっかさんがあんなに喜んでいる顔を、初めて見ましたよ。あの人の嬉し泣きなんて、これまで一度も拝んだことがありません」

梅の心の目に、生まれたばかりの赤ん坊を胸に、顔をくしゃくしゃにして泣いていたアサの姿が浮かんだ。

「紀ノ川花魁、ほんとうにありがとう。私にはできなかったことです」

梅は紀ノ川を真っ直ぐに見つめた。

紀ノ川の唇がほんの僅かに綻《ほころ》んだ。

十

翌朝目覚めると、紀ノ川の息はまだあった。

しかし頬は昨夜にも増してげっそりとこけて、目元は真っ黒に落ち窪《くぼ》んでいる。

アサが、赤ん坊に砂糖水をやっていた綿で紀ノ川の唇を濡《ぬ》らす。末期の水をとるときの光景に他ならなかった。

「……かがみを」

紀ノ川の譫言《うわごと》が、鏡を、と言っていると気付くまでに長い時間がかかった。

「鏡を見たいのですか？」

変わり果ててしまった己の姿を目にしたら、紀ノ川はどれほど悲しむだろう。

梅は戸惑いを隠しきれない心持ちで聞き返した。

紀ノ川は頷いた。

梅はアサと顔を見合わせた。

アサは紀ノ川の言うとおりにしてやれ、というように頷く。

梅は臆する気持ちの拭えないまま、部屋の隅にあった鏡を紀ノ川の足元に運んだ。

紀ノ川の背に腕を回し、積み上げた布団に身体をもたせかける。

紀ノ川は薄眼を開いて、身じろぎ一つせずに鏡の中の己をじっと眺めていた。

「お梅さん、髪を結っておくりんす」

紫色の唇に不敵な笑みが浮かんだ。

「髪型帳を！」

紀ノ川が力強い声で言って、梅に向かって手を差し出した。

大文字屋の座敷で髪型帳を開いて、「どれもこれも同じに見えしんす」と苦笑いを浮かべていた紀ノ川の姿が梅の心に蘇《よみがえ》った。

梅は慌てて道具箱の中から髪型帳を取り出し、紀ノ川の手にしっかり握らせた。

紀ノ川は震える手で紙を捲《めく》る。

「これに仕上げておくりんす」

紀ノ川が枯れ枝のような指先で示したのは、〝文金高島田〟だった。

答えるよりも先に、梅はほんの一呼吸の間に紀ノ川の髪の隅々まで眼を走らせた。

喉元で小さく頷く。

〝文金高島田〟は、言わずと知れた花嫁の婚礼の髪型だ。女が一生に一度の晴れ舞台に装う、重々しく豪奢《ごうしゃ》な正装だ。

〝高島田〟という名の通り髪の根を高い位置で結い上げて前髪を盛り上げ、端整で清楚な花嫁らしさを醸し出す。

上に立ち上がった紅白の飾り元結に加えて、斑《ふ》のない白甲の鼈甲《べっこう》で梅菊をあしらった花飾りを左右対称に挿す、どこまでもおめでたい髪型だ。

〝文金高島田〟を結い上げるとき、髪結いはいつにも増して梳《くしけず》る手に力を込める。

〝文金高島田〟を結う日の娘の髪は、たった一日のうちにまったく別の姿へと変わるからだ。

青々とした若さを身体いっぱいに備えて嫁入りの朝を迎えた娘は、婚礼の儀を執り行うほんの僅かな時を経て、丸みと柔らかさを備えた人妻へと変わる。

女が変貌《へんぼう》を遂げる前と後、どちらのときにでも身体にすんなり馴染《なじ》み、顔色を美しく彩る髪型を作り上げるには、熟練した髪結いにしかできない力の注ぎ方があった。

文字通り虫の息で死の床についている紀ノ川が、そんな特別な髪である〝文金高島田〟を結い上げることに耐えられるはずはなかった。

髪結いの強い櫛の力を伸び伸びと押し返す命の力なぞ、もう紀ノ川の身体に残っているはずがない。

「わかりました！　お任せください！」

梅は迷いを捨てて言い切った。

「おっかさん、どこかで白打掛を借りてきておくれ」

アサに声を掛けながら、紀ノ川の文机に向かった。机の上に重ねられた美濃紙をまとめて携えて、紀ノ川の背後に回り込む。

「背を伸ばしてくださいな。できるだけ、しゃんと、ですよ。まっすぐに鏡を見てください」

梅は紀ノ川の骨ばった両肩に己の力を注ぎこむ気持ちで、掌を押し当てた。

紀ノ川は何も答えずに、渾身《こんしん》の力を振り絞るようにして背筋を伸ばした。

「失礼します」

最初の櫛目を通したそのときに、紀ノ川の首が櫛の力に引き摺《ず》られてしまったようにぐらりと背後に傾いだ。

梅ははっと息を呑んだ。やはり死の床の病人の髪に、加減をせずにいつも通りの力で挑んだことは間違いだったか——。

直後に紀ノ川はとんでもなく乱暴な力で、首を真っ直ぐに立て直した。

紀ノ川の身体中に、獅子《しし》が崖《がけ》を登るような鬼気迫る力強さが漲った。

鏡の中の紀ノ川が、己の失態を恥じるように口元を厳しく結んだ。

「そうです。その調子で、もうしばらくお願いしますよ」

梅は静かな声で言って、指先に心を研ぎ澄ました。

荒れた頭皮に櫛が当たって痛みを感じさせないように、細心の注意を払う。そうやって櫛の律動に心を添わせていると、髪が抜け落ちないように櫛を動かすコツがわかってくる。

紀ノ川の髪は生気を失って冷たく変わりかけていた。その髪を心を込めて梳って、己の掌の温もりを移す。

梅は枕元の水差しの水を、先ほどまとめて持ってきた美濃紙の上に注いだ。

水で濡れて透けた美濃紙で髷となる髪を巻き込んで、髪が痩せて高さが足りないところを補っていく。

不注意で髪をそこだけ火鉢で焦がしてしまった遊女や、病み上がりの老人の髪を結うときに使っている技だ。

美濃紙は乾いてくると硬く形を止《とど》める代わりに、紙の白い色が戻ってきてしまう。どこから見ても美濃紙が覗いてしまうことがないように、あらかじめ寄せておいた頭頂部の髪で丁寧に覆う。

「できました」

今の紀ノ川にとって、髪を結うことがどれほどの負担になるかわかっていた。完成した途端に、紀ノ川は倒れ込むのではと恐れていた。

しかし紀ノ川は力を失わないまま左右に首を向けて、鏡に映る己の姿を満足げに眺めた。

口元には、梅と初めて出会ったときと同じ、艶めかしく悠然とした笑みが浮かんだ。

「持ってきたよ！」

汗まみれのアサが、転がるように飛び込んできた。手には紀ノ川の身体よりも一回り大きな白い打掛を握っている。

アサは紀ノ川の襦袢をそっくり隠すように、白打掛を身体に掛けた。

真っ白な打掛を羽織ったおかげで、紀ノ川の顔色はずいぶん明るくなった。

「紀ノ川花魁、あんたはとんでもなくきれいだよ」

アサは優しい声で紀ノ川の肩を抱くと、一緒に鏡の中を覗き込んだ。

紀ノ川はアサに身体をもたせ掛けるようにして、小さく唇を震わせた。

古びた白打掛から、目に染みるような虫除《よ》けの樟脳《しょうのう》の匂いが漂う。

樟《くすのき》の花の匂いだった。

樟の大木を揺らす青葉の中で、ひっそりと小鈴のように咲く白い花の匂いだ。

紀ノ川は鏡から眼を逸らして、ふん、と鼻を鳴らした。

「思ったとおり、ぜんぜん、似合わなかりんす」

憎たらしい表情で言い切って、得意げに梅を眺める。

「花嫁支度なんて、やっぱりわっちにはぜんぜん似合わなかりんす。嫁なぞ行かぬ人生でああよかったと、心から満足しんした。お梅さん、ほんとうにありがとう」

紀ノ川は心底愉快そうにくすくす笑うと、笑顔が身体の奥に消える前にゆっくりと両目を閉じた。

十一

仲の町大通りの桜並木から、真っ白な桜吹雪が降り注いでいた。

「それでは、すぐまた参ります」

梅は一面の桜吹雪を見上げながら、大文字屋の暖《の》簾《れん》を潜り抜けた。

「ご苦労さん」

番頭台から声を掛けられて、背負った大きな千駄《せんだ》櫃《びつ》をよいしょと担ぎ直して頭を下げる。

通りの誰もが桜に見惚《みと》れているので、早足でさっさと帰ろうとしたら人とぶつかりそうだ。

それならと皆に合わせて、梅も足を止めて空を見上げる。

まだ冷たい風が頬を冷やす中、じんわりと暖かい春の日差しが気持ちの良い日だ。

しかし春の始まりはどうにも心がざわめく。

頭も身体も、暖かい陽気への嬉しい期待に溢れている。これから明るく楽しいことがたくさん起きる予感に心が躍る。それなのに、長い冬の間味わうことのなかった久しぶりの温もりに、忘れていた胸の痛みが浮かび上がるような気がする。

こんな時季はしっかり気を引き締めて仕事に励まなくてはと、梅は鼻から勢い良く息を吐いた。

「おねえさん！　ああ、間に合った。よかった、よかった」

親し気な声に振り返ると、わかなが振り袖《そで》を押さえて駆け寄ってきた。

手には真っ赤な千代紙でできた、可愛らしい風車を握っている。

「桜祭りで、抱一さまのお客に買ってもらいんした。わっちは、こんなおもちゃで喜ぶ赤ん坊ではなかりんす。どうぞ、坊やにあげておくんなまし」

わかなは流し目で拗《す》ねてみせてから、一輪の花を渡す手つきで風車を差し出した。

羽根車は細い竹ひごで作られていて、僅かな風にも滑らかによく回る。真紅の千代紙に漉《す》き込まれた金粉が、春の日差しに輝いて光の靄《もや》を作り出した。

抱一の名を聞いて、梅の心の目に一枚の絵が浮かぶ。

〝花魁図〟と題された美人画だ。

灯籠鬢《とうろうびん》に頬周りのおくれ毛、紺地の振り袖に金刺繍の帯を合わせた花魁が、こちらに流し目をくれる。

目も鼻も口も惚《ほ》れ惚《ぼ》れするほど整っていて、子供のように小さな顔と身体に大人の色気が匂い立つ。この世のすべてに無頓着《むとんちゃく》であるかのように冷めた唇をしているのに、瞳には凄味《すごみ》ともいえる意志が宿る。

完成と同時にお江戸中でとんでもない評判となった〝花魁図〟を結局買い上げたのは、龍之介だと聞く。

湯島の家の床の間で美しく咲き誇る、紀ノ川の姿を想像する。

その光景を目にしてみたいと思わないはずはない。しかしそんな日は決して来ないとわかっていた。

生家の武蔵屋に入り、長兄の下で一から商売の勉強を始めた龍之介は、本当にきれいさっぱり廓遊びを止めた。もう梅の人生のどこでも、すれ違うことはない。

「なんてきれいな風車でしょう。どうもありがとう」

梅が風車を受け取ると、わかなは己の情を込めようとするように、回る風車を愛《いと》おし気に見つめた。

「おねえさん、坊やは可愛らしいでんしょう？　わっちが生きているうちに、一日でいいから会いたいものでありんすなあ」

わかなの瞳にうっすらと涙の膜がかかった。

「あの子も、いつもおもちゃやお菓子をくれる優しいわかなおねえさんに、とっても会いたがっていますよ」

梅は風車を桜吹雪の空に掲げた。

わかなが口元を綻ばせて、涙を身体に引っ込めた。

「そりゃ、いつの日か大金持ちになった坊やが突然現れて、わっちを身請けしてくれるのを楽しみにしておりんす。どうぞ坊やに、よろしくお伝えくださんまし」

わかなは大人ぶった目配せを素早く向けた。

「母としては、どう答えてよいものやら……」

梅はわかなと顔を見合わせて、ぷっと吹き出した。

わかなと手を振って別れて、吉原大門を潜り抜ける。

田圃《たんぼ》の中の畦道を駆け足で戻って、下谷の長屋に辿り着く。

「やめとくれ、やめとくれ、水瓶《みずがめ》の水に触っちゃいけないって言ったじゃないか。ほらほら、びしょ濡れになっちまったよ。風邪を引く前に、着替えなくちゃ……」

アサの大声が部屋の中から響いてくる。

「今、戻ったよ！　雪太郎《ゆきたろう》、あんたまた何を悪戯したんだい？」

梅が開いた戸の隙間から、白猫の雪が飛ぶような速さで逃げて行った。

土間では紙で作った舟のおもちゃを握った雪太郎が、水に濡れてところどころ色の変わった着物で泣きべそをかいていた。

手の甲には一本の引っ掻《か》き傷がある。水が嫌いな猫の雪が嫌がるのを無理やり遊びに付き合わせようとして、一発お見舞いされたのだろう。

今年三つになった雪太郎は、片時も大人しくしてはいない。

水だろうが火だろうが近所の野良犬だろうが、すべてに心を動かされ、触って確かめてみなくては気が済まない。

アサに叱られるとその場ではしゅんとしているが、すぐに何事もなかったようにけろっとして駆け回る。

雪太郎は走り出したら止まらない。小さな身体を目一杯動かして、アサはもちろんのこと梅だって追いつけないほどの速さでどこまでも走る。

雪太郎の身体は日々ぐんぐん大きくなって、ひと時たりとも同じ姿のままではいない。

アサも梅も、雪太郎といると身体の奥底に残ったほんの僅かな力の一滴まで搾り取られる気がする。雪太郎を追いかけて駆けずり回っていると、その場に引っ繰り返りそうなくらい疲労困憊《こんぱい》する。

しかしおかげで、夜は布団の温もりのありがたみをしみじみと感じる。三度の飯がより旨《うま》くなった。櫛を握ることに心を込める時が、今までよりももっと輝くようになった。

「おかあちゃん、お雪に引っ掻かれたよう。おらは、お雪が大好きなのに……」

目の前でアサに裸に引ん剝かれながら、雪太郎は涙を拭った。

梅はアサから着替えを受け取って、手早く雪太郎に着物を着せ直した。

雪太郎の傷口にちょんちょんと唾《つば》をつけてやってから、頭を撫でる。

「お雪は、ずいぶん驚いていたよ。雪太郎あんた、お雪が嫌がることをしたんじゃないかい？」

梅の言葉に雪太郎は気まずそうな顔で頬を膨らませる。

「お雪が好きだからっていって、あんたが思うようにしちゃあいけないんだよ。お雪が好きだったら、お雪が嬉しいことを考えなくちゃいけない」

梅が優しく言い聞かせると、背後のアサがその通りだというように大きく頷いた。

「……わかったよ」

雪太郎が答えたのと同時に、梅は雪太郎を力いっぱい抱き締めた。

素直に梅の首元に頬を寄せる雪太郎の幼さに、涙が出そうに心が動く。

身体中に青々とした力の漲った雪太郎を抱き締めるたびに思い出すのは、紀ノ川のか細い背中だ。

〝文金高島田〟を結い上げたとき、紀ノ川の背筋に漲っていた奇跡のような力を思い出す。己の命の最期の時さえ決して逃すことなく、まっすぐに鏡を見つめていた紀ノ川の瞳を思い出す。

「そうだ、雪太郎、あんたにお土産をもらってきたよ」

梅は千駄櫃に挿した風車を手に取った。

「うわあ！　風車だ！」

雪太郎の歓声が狭い部屋いっぱいに響き渡る。

風もないのに風車が滑らかに回った。

桜の花弁が一つ、長屋の土間の上にひらりと落ちた。

謝辞

本書の執筆にあたり、大澤かつらの大澤金久さん、
鎌倉アンジェリクの塚野みさおさんにご協力をいただきました。
沢山の貴重なお話を、本当にありがとうございました。
謹んで御礼を申し上げます。

解説

吉《よし》田《だ》伸《のぶ》子《こ》

朝の吉原仲の町、母親のアサに急かされ、梅はその背を追う。物語はここから始まる。二人が目指すのは仲の町大通りに面した大見世、「大文字屋」だ。アサに続いて暖簾《のれん》を潜った梅は、店内に立ち込める強い香の匂いを嗅《か》ぎながら思う。「まるで線香を焚いた死体置き場のようだ」と。

こんな不穏な匂いが漂っていることに男たちは気付いているのだろうか。ざわつく胸を落ち着かせるために深呼吸をしても、梅の気は晴れない。「息をするだけで、肺が他人の唾液《だえき》でべとつくような気がした」

この、「肺が他人の唾液でべとつくような気がした」という一文に、はっとなる。なんて容赦ない、けれど的確な表現なのだろう。たったこれだけで、吉原が「悪場所」であるということが読者の胸に印象づけられる。同時に、この物語の書き手が、並々ならぬ力量であることも。

入り組んだ廊下を進み、アサと梅母娘が辿《たど》り着いたのは、中庭に面した十畳ほどの部屋。そこにやってきたのは、「大文字屋」の看板を背負う花魁《おいらん》・紀ノ川だ。紀ノ川はそこで女衒《ぜげん》によって連れてこられた子どもたちの品定めを行う。その後、彼女が選んだ子の髪を結いあげるためにアサと梅母娘が呼ばれたのだ。梅はこの日が初めての吉原だった。

てきぱきと梅に指示を出し、タネと名乗ったその子どもの身体を清めた後、梅と共に髪を洗い上げたアサは言う。「お梅、おタネの髪は、あんたが結いな」と。

アサは腕利きの髪結いで、吉原の遊女の髪結いは、アサが持つ仕事の最も大きなもののうちの一つだった。けれど、梅が嫁ぎ先から出戻るまでは、どれほど頼んでも吉原に連れてきたことはなかった。

二年前、梅は「武蔵屋」という金貸しの家の次男坊・龍之介と祝言をあげた。家格の違いを乗り越えて結ばれた二人だった。惚《ほ》れ合った男と夫婦になれた喜びに、「女に生まれた身としてこれ以上ない〝大出世〟だと思った」梅。けれど、その〝大出世〟は、龍之介の心変わりで終わりを迎える。恋女房だった梅を捨てて、龍之介が走った相手は、吉原の遊女だった。

冒頭、梅が殊更に吉原の空気に嫌悪を示す裏には、そんな背景も含まれていたのだ。そのことを踏まえていたからこそ、アサはそれまで梅を吉原に伴うことがなかったのだが、この日、梅を連れて来たのは、やがて自身が中風で倒れ、右手が使えなくなってしまうことを予感していたのかもしれない。

アサが倒れた後、髪結いの仕事は梅が引き継いだ。もちろん、吉原での仕事もけれど、腕利きだったアサのようにはなかなかいかず、梅は自分の技量の足りなさに歯噛《はが》みする日々だ。遊女たちからアサの容体を尋ねられれば、回復を心待ちにしてくれているその気持ちは嬉《うれ》しく思うものの、やっぱり自分では力が及ばないのだ、とへこむ気持ちは抑えられない。そんななか、わかな（タネのかむろ名）だけは梅が髪を結うことを心底喜んでいた。

わかなは紀ノ川付きのかむろなので、梅は紀ノ川とも少しずつ近しくなっていく。ある日、〝俄《にわか》〟と呼ばれる、吉原で行われる年に一度の夏祭り用の「しゃぐま」を紀ノ川から頼まれた梅は、その素材として渡された髪の毛が、「病人の枯れ切った髪」であることを不思議に思う。わかなから、その髪は死んだ人の髪であり、「紀ノ川花魁の大切な人」のものだ、と教えてもらった梅は、数日後、紫乃という上級の遊女から、紀ノ川は一度も間夫を作ったことがないこと、そして紀ノ川のそばには、夕霧と呼ばれた遊女がいたことを知らされる。布団部屋で亡くなったその夕霧は、病に倒れるまでは大文字屋を背負う名だたる花魁だったことも。

物語は、ここから梅と紀ノ川にフィックスしていく。夕霧の髪の毛を用いて作った「しゃぐま」と、それに相応《ふさわ》しい髪型を拵《こしら》えあげ、〝俄〟に送り出すまでが一つめの山場だ。その髪型は「灯籠鬢《とうろうびん》」と呼ばれるもので、そこからさらに梅が紀ノ川の美しさを引き立てるように、アレンジを加えたものだった。「灯籠鬢」に辿り着くことができたのは、アサの助けがあってこそ、のものだった。

けれど、紀ノ川の花魁としての頂点は、その〝俄〟の一瞬限りだった。降り注ぐ賞賛のなか、紀ノ川は倒れてしまう。紀ノ川のお腹の中には、新たな命が宿っていた――。

ここから、物語の終わりまで、さらに山場がいくつかあるのだが、それは実際に本書を読んでみてください。

本書を読み始めた時は、あぁ、これは梅という女が、吉原という特殊な世界で髪結いとして成長していく物語なのか、と思ったのだが、読み進めていくとそうではないことが見えてくる。もちろん、梅の成長譚《たん》の側面もあるのだけど、それだけではないのだ。

たとえば、腕利きだったことはもちろん、人としても遊女たちから好かれていたアサと我が身を比べては、いつまでたっても遊女たちと馴染《なじ》めない我が身にため息をついていた梅が、彼女たちとの距離をぐっと縮める場面。それは、夫の龍之介が浮気で終わらず、自分を捨てて、浮気相手と所帯を持ったことを明かした時のこと。紫乃という上級遊女が「あんたよくまあ、そんな仕打ちに耐えられたものでありんすなあ！」と、梅を責めるようなきつい口調で言う。ざわめく大部屋の遊女たち。

梅は紫乃に言う。

「黙って引き下がってはおりませんよ」

「家を追い出されるときに、店の売り物は、すべて滅茶苦茶に叩《たた》き壊して参りました」

直後、大部屋は遊女たちの笑い声に包まれる。梅と遊女たちの垣根がぐっと下がった瞬間だ。「旦那は、何の商いをしておりんした？」という紫乃の問いに、「旗師であります。私が壊した由緒あるお宝の値は、総じて千両は下りません」。

「千両！」と遊女たちは大盛り上がり。もう垣根などどこにもなくなっている。

この時の梅は、きっと胸を張っていたことだろう。自分は、酷《ひど》い仕打ちをされっぱなしの女ではないのだ。やられたらやり返すのだ、と。それは、梅の〝女意気〟でもあると同時に、本書のテーマでもある。

物語の終盤、梅が紀ノ川のために、恨んでも恨みきれない元亭主の龍之介に頭を下げるのも、紀ノ川がぼろぼろになった身体で、梅に文金高島田を結ってもらうのも、みんな〝女意気〟あってこそのものなのだ。

婚礼の髪型である文金高島田に髪を結い上げ、アサが用意した白打掛を羽織った紀ノ川が、ふん、と鼻を鳴らし、「思ったとおり、ぜんぜん、似合わなかりんす」と、「憎たらしい表情で言い切って、得意げに梅を眺め」る場面。

「花嫁支度なんて、やっぱりわっちにはぜんぜん似合わなかりんす。嫁なぞ行かぬ人生でああよかったと、心から満足しんした。お梅さん、ほんとうにありがとう」

この紀ノ川の言葉に込められた矜持《きょうじ》と梅への思い遣《や》りに、熱いものが込み上げてくる。吉原という理不尽だらけの世界で、声をあげることを許されずに生きてきた紀ノ川花魁の、これは一世一代の啖呵《たんか》なのだ。

こういう言葉を紀ノ川に吐かせた作者を、私は信じる。本書が一人でも多くの読者、とりわけ、自分の周りの理不尽と闘っている女性たちに届いて欲しいと思う。梅のような、紀ノ川のような〝女意気〟を、心に宿して日々に向かい合えますように、と。

本書は、二〇一八年十二月に小社より刊行された
単行本を加筆修正のうえ、文庫化したものです。

髪《かみ》結《ゆい》百《ひやつ》花《か》

泉《いずみ》 ゆたか

令和４年 ３月25日　初版発行

発行者●堀内大示

発行●株式会社KADOKAWA
〒102-8177　東京都千代田区富士見2-13-3
電話　0570-002-301（ナビダイヤル）

角川文庫 23113

印刷所●株式会社暁印刷
製本所●本間製本株式会社

表紙画●和田三造

●お問い合わせ
https://www.kadokawa.co.jp/（「お問い合わせ」へお進みください）
※内容によっては、お答えできない場合があります。
※サポートは日本国内のみとさせていただきます。
※Japanese text only

ISBN 978-4-04-109428-0　C0193

◇◇◇

角川文庫発刊に際して

角川源義

第二次世界大戦の敗北は、軍事力の敗北であった以上に、私たちの若い文化力の敗退であった。私たちの文化が戦争に対して如何に無力であり、単なるあだ花に過ぎなかったかを、私たちは身を以て体験し痛感した。西洋近代文化の摂取にとって、明治以後八十年の歳月は決して短かすぎたとは言えない。にもかかわらず、近代文化の伝統を確立し、自由な批判と柔軟な良識に富む文化層として自らを形成することに私たちは失敗して来た。そしてこれは、各層への文化の普及滲透を任務とする出版人の責任でもあった。

一九四五年以来、私たちは再び振出しに戻り、第一歩から踏み出すことを余儀なくされた。これは大きな不幸ではあるが、反面、これまでの混沌・未熟・歪曲の中にあった我が国の文化に秩序と確たる基礎を齎らすためには絶好の機会でもある。角川書店は、このような祖国の文化的危機にあたり、微力をも顧みず再建の礎石たるべき抱負と決意とをもって出発したが、ここに創立以来の念願を果すべく角川文庫を発刊する。これまで刊行されたあらゆる全集叢書文庫類の長所と短所とを検討し、古今東西の不朽の典籍を、良心的編集のもとに、廉価に、そして書架にふさわしい美本として、多くのひとびとに提供しようとする。しかし私たちは徒らに百科全書的な知識のジレッタントを作ることを目的とせず、あくまで祖国の文化に秩序と再建への道を示し、この文庫を角川書店の栄ある事業として、今後永久に継続発展せしめ、学芸と教養との殿堂として大成せんことを期したい。多くの読書子の愛情ある忠言と支持とによって、この希望と抱負とを完遂せしめられんことを願う。

一九四九年五月三日